VIRGINIE GOUPIL

LA CÉRÉMONIE DE LA CERISE À L'EAU-DE-VIE

ÉDITIONS MAÏA

Découvrez notre catalogue sur :

https://editions-maia.com

Un grand merci à tous les participants de *simply-crowd.com* qui ont permis à ce livre de voir le jour :

MARIE-ODE BAU
AXEL BAUWENS
LESLIE BOURGOING
BENAMAR BOUZIANE
JOSETTE COTRIE
CLAIRE DUPONT
HABIBA DURANTEAU
NICOLAS FROISSARD
CLOTILDE GAUHAROU
SANDRINE GELIOT
AUDE GELLI
FLORE JACQUEMET
FLORIANE LAMBLOT
LOLA LANDRET
AUDE LE NAOUR LÉRAUD
STÉPHANE LECHOPIER
MICHÈLE LESSERTISSEUR
CLÉLIA LORENZONI
DOMINIQUE LOUSTE
PASCALE LUTZ
MALEINE MARCISET
MARJORIE DANNA
AUDE MILESI
CÉCILE NEUVILLE
CÉLINE OVIDE
MILENA RIVA
MARION SARRADIN
STÉPHANIE TANZER
NATACHA TESSIER
MONIQUE THIEFFRY
CAROLINE TRIBONDEAU
ÉTIENNE TURPAULT
SOPHIE VAREILLE
RAYEN ZIMMERMANN

Nos livres sont éthiques et durables : économes en papier et en encre, ils sont conçus et imprimés en France.

ISBN 978-2-37916-963-2
Dépôt légal : février 2022

À monsieur Garnier, mon instituteur de CM2.

Préface

Ce livre n'est pas une œuvre de fiction, tous les événements ont bien eu lieu, les personnages ont vraiment existé, tous les accidents, les détours, les souvenirs se sont bien déroulés comme décrits avec tous les détails extraordinaires d'une vie ordinaire. À cet égard, toute ressemblance avec des personnages réels ou histoires de personnes vivantes ou mortes que vous connaîtriez ne serait pas un hasard, puisque nous entrons dans la véritable chair de la vie avec tout le courage, la souffrance, les liens et les déchirures qu'elle détient. Un livre témoignage troublant qui vous touchera en plein cœur j'en suis sûre. Longue vie à Virginie Goupil pour ce premier roman aux couleurs d'authentique.

Elisabet Ferrer dite Babet, du groupe de musique Dionysos.

Avant-propos

J'ai souffert, certes, et j'ai probablement joué un rôle dans la souffrance ressentie par certain.e.s.

J'ai éprouvé beaucoup de joies et de plaisirs aussi, et certain. e. s y ont contribué.

Personne n'existe seul. Tout est affaire de rencontre.

(Malgré le sérieux de cet avant-propos, je tiens à prévenir le lecteur que ce livre sera quand même rigolo).

Tout ce qui est raconté ici est tiré de faits réels, comme on dit.

En fait, il n'y a pas une réalité, mais plusieurs, autant que d'individus, si ce n'est plus, si l'on en croit notamment Watzlawick[1].

Celle-ci est tirée de mes tripes et est passée par la moulinette de ma cervelle.

C'est une version de l'histoire, la mienne, pas forcément celle vécue par les autres protagonistes, avec tout mon respect et mon amour. Une histoire de relations interpersonnelles, comme toutes les histoires, et donc de communication, avec son lot de confusion, de désinformation, de malentendus.

On pourrait dire aussi que c'est une histoire « librement inspirée » de faits réels. Puisse-t-elle être inspirante en totalité ou en partie pour vous !

---

1 *La réalité de la réalité, confusion, désinformation et communication...* Paul Watzlawick, 1976.

Prologue

Pourquoi ce livre ?

Parce que j'ai toujours écrit.
Parce que j'en ai très envie.
Parce que je suis à un tournant de ma vie.
Parce que j'ai envie d'être lue ou lisible.
Pour me faire connaître, reconnaître, mais par qui ?
Parce qu'il paraît qu'il peut être libérateur au point de changer une vie.
(Et hop, un poème, ou un prologue, enfin, un poème-prologue !).

Naissance, mort, renaissance, vie

Un texte et des poèmes, des chansons

Je suis née bleue – Légitimité

La légende familiale veut que je sois née bleue et que j'aie dû être réanimée, car je m'étais asphyxiée avec du sang maternel. Quand je suis née, j'étais morte ou presque. Je me suis longtemps et souvent demandé si j'aurais dû mourir à peine née, ou même si je n'aurais jamais dû naître, ou encore si je devrais vraiment être en vie. Et j'ai souvent, et longtemps, été malheureuse avec moi-même et avec les autres, dans une douleur psychique insupportable, au point d'en être violente, de souhaiter mourir. La réalité tangible de mon carnet de santé indique que j'étais un peu cyanosée et qu'une désobstruction (des voies aériennes, je présume) a dû être effectuée avec de l'oxygène.

Quand je suis née, j'étais bleue. La couleur préférée de ma mère, le bleu (parfois, je me dis « Qu'est-ce qu'on ne ferait pas pour plaire à sa mère »). Comme le ciel, comme la mer, c'est beau, la vie en bleu. C'est la pureté de l'habit que porte la Vierge Marie, dont vient le prénom que ma mère m'a donné, Virginie. C'est souvent symbole d'évasion et de voyage, le bleu. C'est apaisant. C'était une couleur porte-bonheur pour les Égyptiens de l'Antiquité, symbole d'immortalité, de sagesse, de vérité. Dans l'art du feng-shui, le bleu, c'est la tranquillité, la réflexion, la méditation.

Deux histoires, deux façons de voir les choses, de voir la vie. La vérité, c'est que j'ai vécu les deux. Je me suis longtemps demandé si j'aurais dû mourir à peine née, ou ne jamais naître. Maintenant, je sais que j'étais faite pour vivre.

Blood (*Sang*)

Réflexion sur le sang qui renvoie à la fois à la notion de vie et à celle de mort, et qui prend un sens particulier pour les femmes.

Red blood	*Sang rouge*
Female blood	*Sang féminin*
Disease blood	*Sang de la maladie*
Blood is life	*Le sang c'est la vie*
Blood is energy	*Le sang c'est l'énergie*
Blood is beautiful	*Le sang c'est beau*
Red blood	*Sang rouge*
Female blood	*Sang féminin*
Disease blood	*Sang de la maladie*
Blood is death	*Le sang c'est la mort*
Blood is tiredness	*Le sang c'est la fatigue*
Blood is ugly	*Le sang est moche*
Red blood	*Sang rouge*
Female blood	*Sang féminin*
Disease blood	*Sang de la maladie*
Blood is life	*Le sang c'est la vie*
Blood is death	*Le sang c'est la mort*
Blood is energy	*Le sang c'est l'énergie*
Blood is tiredness	*Le sang c'est la fatigue*
Blood is beautiful	*Le sang c'est beau*
Blood is ugly	*Le sang c'est moche*

Blood is the color of anger
de la colère
Blood is the color of pain

Blood is the color of prosperity

Blood is the color of the crying

Blood gets the bulls upset

Blood gets me down
Blood gets me high
Blood is everything
Blood is good
Blood is great
Blood is beautiful

No blood, no life

Le sang c'est la couleur

Le sang c'est la couleur
de la douleur

Le sang c'est la couleur
de la prospérité
Le sang c'est la couleur
des pleurs
Le sang énerve les taur-
eaux
Le sang me déprime
Le sang me fait planer
Le sang c'est tout
Le sang c'est bon
Le sang c'est grand
Le sang c'est beau

Pas de sang, pas de vie

Virginie Goupil

Once upon a time (*Il était une fois*)

Poème inspiré par ma venue au monde, et par la venue au monde de nombreuses autres personnes.

Once upon a time
There was a little embryo
Who should never be.

Once upon a time
There was a little fœtus
Who should never be born.

Once upon a time
There was a blue new-born
Who should never survive.

Once upon a time
There was a resuscitation
Which have been successful.

Once upon a time
There was a baby
Who should never grow up.

Il était une fois
Un petit embryon
Qui n'aurait jamais dû
être.

Il était une fois
Un petit fœtus
Qui n'aurait jamais dû
venir au monde.

Il était une fois
Un nouveau-né bleu
Qui n'aurait jamais dû
survivre.

Il était une fois
Une résurrection
Réussie.

Il était une fois
Un bébé
Qui n'aurait jamais dû
grandir.

Virginie Goupil

With or without me (*Avec ou sans moi*)

Texte sur le choix de vivre ou de mourir, la décision.

I've got the choice
It's with or without me.

I've just understood
Or not.

Long time ago
I thought I had the choice already

I was thinking the world
would be better without me.

Then my mama said
To get things to stop
You'd better stay for the other ones.

Not for yourself.
You have to stay for the others.

You must think about the others
before yourself.

Many many years after
I discovered by myself

That I had the choice
With or without me
And it can be with me

J'ai le choix
C'est avec ou sans moi.

Je viens de comprendre
Ou pas.

Il y a longtemps
Je pensais que j'avais
déjà le choix
Je pensais que le monde
serait meilleur sans moi.

Puis ma maman m'a dit
D'arrêter ça
Tu ferais mieux de rester
pour les autres.
Pas pour toi-même.
Tu dois rester pour les
autres.
Tu dois penser
aux autres avant
de penser à toi.

Bien bien plus tard
J'ai découvert par moi-
même
Que j'avais le choix
Avec ou sans moi
Et que ça pouvait être

I am like I am
And it's the best that it can be.

avec moi
Je suis comme je suis
Et c'est le mieux que je
puisse être.

Virginie Goupil

Dinosaur turtle (*Tortue dinosaure*)

Inspirée par cette tortue d'eau teigneuse que nous gardions chaque été, par amitié pour sa maîtresse durant ses vacances.

Dinosaur turtle You look so sad	*Tortue dinosaure* *Tu as l'air si triste*
Dinosaur turtle You make me feel so bad Dinosaur turtle You are so ugly	*Tortue dinosaure* *Tu me fais me sentir si mal* *Tortue dinosaure* *Tu es tellement moche*
Dinosaur turtle You loathe me so much	*Tortue dinosaure* *Tu me détestes tant*
But Dinosaur turtle Your life is so sad	*Mais Tortue dinosaure* *Ta vie est si triste*
Dinosaur turtle That it hurts my life	*Tortue dinosaure* *Que ça fait du mal à la mienne*
Dinosaur turtle Your existence is so empty	*Tortue dinosaure* *Ton existence est si vide*
Dinosaur turtle What's the meaning of it all	*Tortue dinosaure* *Quelle est la signification de tout ça ?*

Dinosaur turtle
Does it make any sense ?

Dinosaur turtle
What nervous system?

Dinosaur turtle
What brain ?

Dinosaur turtle
What feelings?

Tortue dinosaure
Est-ce que cela a un sens ?

Tortue dinosaure
Quel système nerveux ?

Tortue dinosaure
Quel cerveau ?

Tortue dinosaure
Quels sentiments ?

Virginie Goupil

Mère-fille

De courts récits, comme des nouvelles

Ma mère, cette héroïne

Ma mère, quand elle a senti ses contractions, elle est allée à la maternité en train. La gare n'était pas loin de chez elle. Elle n'avait ni voiture ni permis. Le voisin prévu pour la véhiculer s'était absenté, joindre quelqu'un n'était possible que par téléphone non seulement fixe, mais aussi filaire (et à cadran !). Et encore fallait-il avoir une ligne téléphonique, car au début des années soixante-dix, les techniciens étaient débordés par les demandes d'installation. Et justement, celle de mes grands-parents, chez qui ma mère était venue passer ses derniers jours de grossesse, était en attente !

Ma mère, elle a toujours été indépendante. Dès ses 16 ans, elle a quitté le lycée pour travailler, car je crois qu'elle la voulait plus que tout, cette indépendance. Elle a fait plein de petits boulots. Ce qu'elle préférait, c'était les fleurs, l'horticulture. Et pourtant, travailler dans une serre, c'est dur. Elle a voulu changer de travail quand elle a su qu'elle allait devenir maman. Elle a choisi la sécurité de l'emploi et des horaires plus compatibles avec une vie de famille, comme on dit.

La Corse, c'est ma mère

La Corse, c'est ma mer.

La Corse, c'est ma mère.

Six ans qu'on ne s'est pas parlé.

Et il a suffi d'un hasard de décrochage téléphonique pour renouer.

Enfin, pas complètement le hasard et pas complètement « Il a suffi ».

Je connais une fille, une mère et une grand-mère

Je connais une mère qui n'ira jamais en Corse
Parce qu'elle ne prend ni l'avion ni le bateau
Elle a bien trop peur de l'eau.
Elle ne peut donc pas aller voir sa fille
Qui habite sur cette île.
Pourquoi celle-ci n'a-t-elle pas choisi de s'installer
À Nice ou à Montpellier ?
Elle aurait pu y aller en TGV !

Je connais une fille qui dit qu'elle s'en fiche
Qu'elle est bien tranquille sur son île.
Et la seconde d'après, elle est en colère et blessée,
Car quand même, si sa mère vraiment l'aimait,
Elle aurait fait un effort pour y aller.

Je connais une petite-fille
À qui sa mère a demandé de l'emmener
Voir sa propre mère sans même l'en informer.
C'est une surprise, elle est revenue de son île.
Elle se cache comme une gamine taquine
Mais sa maman la reconnaît.
Et toutes les larmes de son corps elle se met à pleurer.
La petite-fille sent que sa mère et sa grand-mère
Se sont quelque peu trouvées ou retrouvées.

David Bowie

La Francilienne, c'est la route tantôt départementale, nationale ou autoroute, qui fait le tour de la grande couronne de Paris, comme son nom l'indique. Je roule vers une journée de colloque auquel j'ai voulu assister. L'insertion professionnelle des personnes avec autisme. Comme à mon habitude, « je roule les stations de radio ». C'est-à-dire que j'utilise la molette de recherche de l'autoradio pour zapper d'une fréquence à une autre. Même quand il n'y a pas de molette, mais un bouton, je dis quand même que je roule. Je roule sur la route et je roule les stations de radio. Je cherche de la musique, mais j'entends une bribe de phrase d'un animateur qui m'incite à me brancher sur les infos. Et c'est ça, c'est ce que j'avais craint de comprendre : David Bowie est mort.

J'éclate en sanglots. Ça n'a pas le temps de passer par la partie analytique du cerveau, ça ne passe peut-être même pas par lui, mais directement de l'oreille aux yeux. C'est peut-être passé par le cœur, quand même. Ça me surprend et c'est incontrôlable, incompréhensible. Je me recentre à fond sur ma conduite automobile. Je suis sur une autoroute très fréquentée à cette heure-ci, sans être bouchée. Ça roule, un peu vite, un peu n'importe comment. Pas moi, mais les autres. Alors, je me concentre le plus possible tout en pleurant à chaudes larmes, je les essuie au mieux, ces larmes. J'aurais besoin d'un essuie-glace des yeux pour poursuivre ma route sans risque, car il n'y a aucune possibilité de s'arrêter à cet endroit. Une fois sortie de l'autoroute, la circulation a la même densité et l'amphithéâtre n'est pas loin. Je décide de poursuivre jusqu'au parking. Je crois que j'ai des moments d'accalmie.

Arrivée à bon port, bien garée, en avance, pas trop près des autres véhicules, je me vide de toutes les larmes de mon corps. Je ne sais pas quoi faire, à part appeler ma sœur. La pauvre, j'ai dû lui faire peur. Même si je lui ai dit tout de suite que ce n'était pas grave, de ne pas s'inquiéter. Ça ne s'arrête pas, même quand je quitte mon véhicule pour rejoindre celui de ma collègue qui vient de m'appeler pour me signaler son arrivée. Elle a probablement eu peur, elle aussi, quand j'ai décroché. Ça s'est calmé un peu. J'ai hésité entre rentrer chez moi et aller rejoindre les autres inscrits au colloque. J'ai décidé de rentrer dans l'amphi, au risque de me mettre à sangloter à tout moment. Ça n'est pas arrivé. Je me suis plongée à fond dans le thème du colloque, j'ai pris mes notes et des nouvelles des connaissances que j'ai rencontrées. Je pense qu'on n'y a vu que du feu. Je ressentais quelque chose de bizarre, comme si, si David Bowie mourait, tout le monde pouvait mourir. C'était un peu comme si Dieu mourait. Et je me regardais moi-même sans comprendre.

Impossible d'écouter une de ses chansons pendant des mois, peut-être un an. Si je tombais sur un titre à la radio, les larmes me montaient aux yeux automatiquement et je changeais de station. Mais les souvenirs remontaient peu à peu. J'ai découvert l'artiste très tôt, par ma mère, évidemment. Vers 8 ou 9 ans, au début des vidéo-clips, j'étais fascinée par le sien. On y voyait un clown blanc à la fois triste et coloré, qui marchait sur une plage, tantôt avec deux jeunes femmes semblant porter le deuil, tantôt avec une petite dame âgée. On y voyait aussi un mec bizarrement relié à de gros tuyaux dans une sorte de grotte. Les images collaient parfaitement à la musique. C'était mystérieux, intrigant, un peu flippant, mais tellement beau. Ça provoquait beaucoup d'émotions chez moi. Vers 14 ans, j'écoutais en boucle ses 45 et 33 tours que ma mère avait laissés, pour une raison inconnue, chez mes grands-parents. Je scrutais les pochettes, leurs photos. Je lisais les paroles au dos ou sur la sous-pochette, je les traduisais. Je retrouvais ce quelque chose qui vibrait très fort et très clairement en moi : une émotion, un ressenti, un tout entre la musique, les images et les paroles. Je chantais, je dansais, je connaissais les textes par cœur. Puis j'ai acheté mes propres albums, plutôt des cassettes, c'était moins cher. Et enfin, ça ne m'a jamais quitté, cette passion, cette connexion immuable à David Bowie et surtout, à ce qu'il représente, notamment : le lien à ma mère.

Et ma mère et moi, au moment de la mort de David Bowie, cela fait plus de 6 ans que nous n'avons eu aucun contact.

Je récapitule : le bleu, c'est ma mère, la Corse, c'est ma mère, et David Bowie aussi, c'est ma mère. J'avance un peu et je vois si j'en trouve d'autres.

Angoisse d'abandon et saucisson

J'ai toujours éprouvé une angoisse d'abandon durant ma vie d'adolescente et d'adulte. Vraiment, c'était pathologique, j'avais un genre de personnalité abandonnique. Dépression, dépendance affective, crises de jalousie, relations de couple toxiques, crises de violence, tentatives de suicide, j'en passe et des meilleures, une douleur psychique insupportable. Ma mère et moi avons été séparées très tôt, et sa relation à sa propre mère a joué un rôle important dans cette séparation. Ma mère a fait de son mieux, ma grand-mère aussi, et moi, probablement aussi. Elles ont trouvé que c'était une bonne idée que Mamie soit ma nourrice pendant que Maman travaillait. Sauf que tantôt, je dormais au retour de ma mère, donc, c'était mieux pour moi de me laisser pour la nuit (j'ai des souvenirs de moi, un peu plus grande, réagissant violemment si on me réveillait pour une raison ou une autre, en mode « coups de pied » ; mais bébé, je ne pense pas que mes réactions aient été bien dangereuses). Tantôt, ma mère m'emmenait en balade en commettant l'erreur impardonnable pour sa propre mère d'avoir oublié de me donner mon goûter (a priori, je ne m'en étais pas plainte et je me trouvais en bonne forme). Je suis même rentrée sans culotte, un jour. C'est-à-dire que j'avais eu un petit accident urinaire lors d'un tour de manège. Et moi, pragmatique, j'ai retiré ladite culotte et l'ai laissée dans le manège. Vers 1 an ou 2, on est quand même plus à l'aise comme ça. Nature peinture. Un peu plus tard en vacances à la mer, je retirerai mon maillot de bain pour me baigner. Pour ne pas le mouiller. D'une logique implacable. Je précise que depuis, je ne le fais plus.

Mon père biologique et ma mère ont joué à un genre de « Je t'aime, moi non plus ». Elle s'est dépêchée d'aller me reconnaître en mairie pour l'empêcher de le faire. Ils travaillaient ensemble, elle lui remettait dans son vestiaire les peluches qu'il offrait pour moi. Il avait été convoqué officiellement par mon grand-père quand il a appris la grossesse de ma mère. Et il n'est pas venu. Encore une erreur impardonnable, semble-t-il.

Bref, tout ça pour dire qu'elle était plutôt seule comme parent, ma mère.

Revenons aux relations mère-fille. Maman sentant bien que Mamie était en train de me capturer, elle a dit stop, a trouvé une nourrice professionnelle et hors famille, et m'a reprise avec elle. S'en est suivie une dépression de la grand-mère, avec intervention du grand-père, son mari, quant à un nécessaire retour de l'enfant (moi) auprès de sa mamie, sous peine de risque de suicide de la susnommée Mamie. Ma mère a craqué, m'a déposée chez mes grands-parents, et est partie vivre à 1000 km de tout ça. J'ai grandi, elle est revenue, était sur la défensive avec moi car avait l'impression que je ne l'aimais pas. Si je demandais à la voir, Mamie me disait que je pouvais partir avec elle. Et quand on est petit, ça sonne un peu comme une menace. Entre voir sa maman et quitter son cocon, sa ville, son école, ses copains, sa chambre, ses jouets, son chat... Il y a un fossé terrifiant. Je refusais donc de partir, même pour une après-midi, avec ma mère. Il paraît même que je me cachais derrière un fauteuil. Et durant des dizaines d'années, notre relation a été chaotique, c'est le moins qu'on puisse dire, des bagarres, des ruptures, de la souffrance. Si vous le voulez bien, nous allons passer ces dizaines d'années, elles feront l'objet d'autres anecdotes de vie.

Très tôt, c'est-à-dire très jeune adulte, j'ai choisi de me soigner, de travailler sur moi, de comprendre, de guérir. Je voulais être tout bien propre sur moi, toute nickel, prête à accueillir mes enfants bien sainement et sereinement (j'ai eu mon premier à 17 ans. On m'a dit souvent « Tu l'as eu jeune » et je répondais systématiquement « Oui, effectivement, il avait 0 an quand je l'ai eu »). J'ai suivi des psychothérapies psychodynamiques en face à face, une plus psychanalytique où on m'a même proposé de m'allonger sur un divan. Je me suis toujours intéressée au développement personnel, je lisais des bouquins, j'ai découvert le coaching, la psychologie positive. J'en suis même arrivée aux thérapies psychocorporelles, énergétiques, en passant par le yoga, la méditation de pleine conscience. Je pense que tout ça et les expériences de vie en elles-mêmes, tout simplement (ou pas du tout simplement) m'ont soignée. Je pense que c'est le chemin, le soin, en fait. Et le jour où on en prend conscience, on est guéri. C'est guéri, cicatrisé, une blessure d'âme ou de vie, ça peut revenir, mais on le sait et on sait quoi en faire. Un peu comme un genou fracturé, réparé, bien consolidé qui peut revenir gratouiller un peu quand le temps est humide. Un jour, j'ai su que ma blessure d'abandon était guérie. C'est quand dans les faits, elle ne contrôle plus ta vie, tes émotions, tes sentiments.

Je prenais l'apéro avec ma mère et mon mari, un soir. Ma mère, elle parle tout le temps, non-stop, avec un débit de parole à faire pâlir un commentateur de foot quand il y a une grosse action de jeu (ma grand-mère est pareille, elle et ma mère sont capables de me poursuivre partout dans la maison pour me parler, je n'ai pas de répit, je me cache parfois dans les toilettes ou dans mon bain, et elles continuent de me parler même si je ne les entends pas ; ma sœur parle beaucoup et vite aussi, mais ne me poursuit pas ; par contre, si je suis au volant et elle, à côté, je me trompe forcément de route). C'est très fatigant pour moi alors je n'écoute pas tout, je ne peux pas. Je ne sais donc pas comment cela a pu arriver dans la conversation, mais là, j'ai bien écouté ma mère :

— Je fais de ces trucs, des fois, comme le jour où je t'ai oubliée dans ton landau devant la charcuterie.

— Quoi ?

— Oh ben, je t'ai emmenée à la charcuterie avec moi, tu étais dans ton landau, et je devais être dans mes pensées, je suis rentrée toute seule et ta grand-mère m'a demandé : « Qu'est-ce que tu as fait de Virginie ? ». J'ai répondu que je t'avais laissée un peu chez les voisins, et j'ai couru jusqu'à la charcuterie. La charcutière t'avait rentrée dans la boutique avec ton landau : « Ne vous inquiétez pas, je l'ai gardée bien au chaud ». Et puis voilà, je t'ai récupérée, c'est tout.

Moi, j'étais morte de rire, mais vraiment, morte de rire et je lui ai dit :

— *Non mais, tu te rends compte, quand même ? Abandonnée devant la charcuterie ! Retrouvée parmi les pâtés et les saucissons !*

— *Oh, ben, ça va, quand même, ça a duré 5 minutes et c'était pour t'acheter une tranche de jambon, en plus !*

Un très beau souvenir de partage de rire mère-fille, avec mon mari aussi. Je ne m'en remets pas, de cette histoire, je la trouve tellement improbable et drôle. Je crois qu'elle ne l'avait jamais racontée à personne. Je la trouve d'autant plus drôle que je suis psychologue, que je bosse avec des familles, et que tout a défilé en une seconde dans ma tête sur les interprétations possibles et imaginables de cet épisode de ma vie. J'ai pensé aux gros titres des magazines racoleurs « Abandonnée parmi les saucissons ».

Disons que dans cette courte anecdote que je trouve très drôle et touchante, il y a une plus grande et belle histoire. Une histoire transgénérationnelle. Une histoire de travail sur soi. Une histoire de lâcher-prise. Elle en dit long sur le chemin parcouru autant par la mère qu'elle est que par la fille que je suis. Sinon, on aurait beaucoup moins rigolé.

P.S. Je suis végétarienne.

Maladie et santé
Des récits un peu plus longs et un petit conte zen

Je me gondole à Venise

Voyage de noces à Venise. À la fois très classique et très extraordinaire pour nous qui voyageons peu, encore plus exceptionnel pour mon mari qui prend l'avion pour la première fois. Une chambre d'hôtel bien plus grande et luxueuse que notre chambre habituelle. Avec une grande salle de bain. Très important, la salle de bain. Surtout quand les toilettes sont à l'intérieur. Cela fait plusieurs mois que j'ai des symptômes bizarres et peu glamours. Mon médecin traitant pense que c'est lié au stress. Pourtant, j'ai toujours été stressée, tout en ayant une tuyauterie digestive à toute épreuve. Je peux faire des crises de cornichons, occasionnellement, j'adore tout ce qui est acide : le vinaigre, le jus de citron... Je ne suis sensible à rien de spécial : piment, fritures, légumineuses, crudités... En même temps, j'avais une alimentation assez saine et équilibrée, une santé qui tenait la route, juste de l'asthme et des douleurs de dos. J'ai tenté l'arrêt des crises de cucurbitacées qui piquent, un régime sans gluten, un régime sans lactose. Pas d'amélioration. J'ai tenté l'arrêt de l'arrêt de régime. Des hauts et des bas. Des périodes de symptômes et des périodes d'accalmies sans causes repérées.

Bref, c'est magnifique, Venise ! Les gens, les rues, les ruelles, les passages encore plus petits que les ruelles, le Grand Canal, les petits canaux, les grands ponts, les petits ponts, les mini-ponts. Le dépaysement sans voitures et avec bateaux. Bateaux de police, bateaux de pompiers, bateaux d'éboueurs, bateaux de livraison, bateaux des particuliers qui ouvrent leurs portes de garage sur le canal... La découverte des monuments, de l'architecture, des toutes petites voies qui débouchent sur de très grandes places, du nombre difficilement calculable d'églises, des quartiers si différents les uns des autres qu'on croirait avoir changé de ville ! Et partout et à toute heure, on mange et on boit, à Venise. Du vin rouge, du vin blanc, du Spritz, du café, des parts de pizza à emporter ou non, des fruits de mer, des pâtes… Tu vas acheter le pain et tu as un petit creux ? Pas de souci, prends-toi un petit gâteau et le boulanger peut te proposer un bon verre de vin pour la faire glisser, si tu en as envie. Tu passes chez le charcutier pour ton jambon de ce soir ? Tu peux le goûter sur place avec un Spritz à la clé ! L'inverse existe aussi. Tu peux prendre un verre debout, dans un bar à vin, et l'accompagner d'amuse-bouches qui vont bien. Nous avions repéré quelques bonnes adresses de restaurants et des amis nous en avaient même conseillés, mais nous ne nous attendions pas à un tel déluge de propositions culinaires aussi variées qu'adaptées à tant de situations.

Mal de dos ou mal de ventre, la réaction posturale à visée antalgique de mon corps est la même : position gondole retournée. Haut du dos courbé vers l'avant, phase juste avant de finir à quatre pattes, ventre détendu telle une outre dilatée. Et nous voilà partis, mon mari et moi, à la recherche d'une pharmacie dans Venise. Facile à trouver. Moins facile d'y parler en italien pour expliquer mes symptômes. Merci le petit livre-guide de conversation touristique en Italie, et merci au pharmacien qui me vend du Gaviscon, version vénitienne, et dont j'ai oublié le nom : en dosettes facilement transportables et buvables, mais goût pastis ! Aucun effet sur la douleur, mais quel bonheur de collaborer avec mon mari, de sentir l'empathie du pharmacien, et de réussir à nous comprendre ! Ça, c'est un souvenir de lune de miel unique. Immatériel et matériel. J'en ai même rapporté en France, du médicament dont j'ai oublié le nom. C'est mon petit souvenir de Venise.

J'en ai d'autres, des souvenirs, bien sûr. Comme cette chance extraordinaire que nous avons eue d'assister à une répétition générale de *Madame Butterfly* à la Fenice, l'opéra de Venise, en loge, en tenue de touriste marcheur : jean, baskets, sac à dos. Somptueux. Comme cette surprenante visite du musée municipal sans queue ni tête, en tout cas sans ordre ni classement, que ce soit chronologique ou par thème. On passe d'une salle de tableaux de la Renaissance à une salle d'exposition d'instruments de torture médiévaux, à un étage dédié aux costumes et armes de guerre japonais d'une autre époque du passé. Comme la découverte imprévue d'œuvres d'Andy Wharol qui séjournaient temporairement dans un des nombreux *palazzo* de la ville.

Je parle des dorsalgies à mon mari, de mon estomac et de mon œsophage en feu, mais pas du reste. Par pudeur. Par peur du regard de l'autre. Par honte. Peut-être par vanité, aussi, comme si moi, j'étais trop « bien » pour avoir ce genre de symptômes. Quand je vais aux toilettes, j'ai l'impression de voir des morceaux d'intestin dans la cuvette, en plus du sang. J'ai peur. Je ne dis rien. Je fais comme si de rien n'était. Je donne le change. Je me désole de ne pas pouvoir profiter des délices culinaires et autres libations proposés par la ville des amoureux. La fille qui constate des symptômes sérieux sur son corps et qui ne pense qu'à manger, c'est moi.

Encore aujourd'hui, c'est ce qui me paraît le plus difficile à accepter, dans la maladie, les privations alimentaires. C'est probablement plus facile de cristalliser toutes les conséquences d'une maladie, là, sur la nourriture.

Tourisme médical. Partie light

D'aussi loin que je me souvienne, mon voyage au pays de la médecine a commencé quand j'avais 19 ans. Avant, il y avait bien eu quelques visites à domicile (ça se faisait, à l'époque, sans qu'il y ait de caractère d'urgence, juste une notion du malade qui ne peut se déplacer) du médecin dit de famille, pour des grippes. Ah oui, et, vers 9 ans, une pneumopathie atypique (car sans fièvre) avec une radio des poumons, un repos au domicile, un conflit entre ma mère et ma grand-mère. La légende dit que la première était pour le séjour en sanatorium pour consolider la guérison, la deuxième était contre. La mémoire venant en écrivant, je me souviens donc d'avant mes 19 ans. C'était à la fois très pénible d'être malade (la toux non-stop) et très agréable de rester au lit avec room-service et cadeaux (des livres, mes cadeaux préférés !) voire même télé ! Au calme, tranquille, pas dérangée, avec le chat comme compagnon-coussin chauffant. J'ai d'ailleurs eu une entorse, je ne sais plus à quel âge, mais toujours dans l'enfance. J'ai simulé une non-guérison pour prolonger le séjour *all inclusive* sur le canapé. Quand j'ai dévoilé la surprise comme ce que je croyais être une sacrée bonne blague trop marrante, je me suis faite bien avoiner par ma grand-mère.

Le tourisme médical régulier commence plutôt à 19 ans, donc. Un diagnostic de bronchite asthmatiforme, avec un asthme qui s'en ira ou restera, me dit le médecin. Et il restera ! L'asthme, pas le médecin. Je me souviens d'une batterie de tests en centre hospitalier : de petites piqûres sur les bras, de grosses expirations dans un tuyau, enfermée dans une cabine, de la course sur un tapis, du vélo d'appartement, un essoufflement terrible et inquiétant, et le soulagement avec le spray bronchodilatateur. Conclusion : je suis asthmatique, avec une petite hésitation sur l'emphysème qui, heureusement, n'a jamais été réevoqué 29 ans plus tard. Ce n'est pas grave, ça se gère, c'est sérieux. Une des conséquences très concrète et immédiate, c'est que la fréquentation des chats et des chiens n'est plus possible. Sauf que j'ai toujours vécu avec un chat, puis un chien, puis encore un autre chat. Première concession à faire. Une autre conséquence est de devoir penser à prendre deux bouffées de ce spray bronchodilatateur avant tout effort. Ça devrait pouvoir se faire, j'ai des habitudes de rituels quotidiens depuis l'âge de 16 ans, grâce au port de lentilles. Et puis de toute façon, il faut que ça roule. J'ai un enfant de 1 an, des études universitaires engagées, et je suis à la recherche d'un emploi. Je ne crois pas que j'y porte beaucoup d'attention.

À 24 ans, lors de ma deuxième grossesse, le gynécologue-obstétricien qui me suivait s'est préoccupé de mon asthme et m'a orientée vers un confrère pneumologue. Rebelote pour la cabine et pour souffler dans le tuyau. J'ai un appareil chez moi pour mesurer mon souffle (je ne sais pas ce qu'il est devenu, tiens, depuis). Tranquille. Au cours des années qui ont suivi, je l'ai poursuivi, justement, mon suivi en pneumologie et j'en ai démarré un en allergologie. Je suis allergique à à peu près tout : poils, plumes et mucus animaliers, certains pollens, poussière, moisissure, acariens...

Il y a eu des moments plus intenses. Avec nécessité de louer une machine ponctuellement pour inhaler des médicaments sur des durées un peu longues et quotidiennes. Et même trois cures thermales, avec des soins à base d'eau dans les trous de nez, séjours dans une pièce pleine de brouillard. Balade en peignoir et mules en éponge, mais point de jacuzzi ni de massages. Avec des conférences bien intéressantes pour comprendre sa maladie et apprendre à la gérer. Ce devait être les débuts de l'éducation thérapeutique. Que d'expériences initiatiques j'ai vécues !

Je suis souvent regardée d'un sale œil par les gens qui ont des animaux et confondent « allergie à » et « haine de ». Ils viennent souvent vers moi, les animaux, et je leur explique : « ce n'est pas que je ne t'aime pas ou ne veux pas te caresser, c'est que je ne peux pas ».

Très récemment, je me suis enfin autorisée à conscientiser l'énorme frustration vécue durant ces années privée de la relation à l'animal. J'ai beaucoup pris sur moi pour me refuser et refuser à mes enfants, surtout l'un d'entre eux qui était très demandeur, la compagnie d'un compagnon poilu à quatre pattes. L'allergie, c'est un terrain que l'on a et que l'on peut transmettre à sa progéniture. Et plus on est en contact avec l'allergène, plus on risque de développer l'allergie si on possède ce terrain. Je n'ai pas voulu prendre le risque ni pour eux ni pour moi.

Pourtant, par deux fois, les poilus à quatre pattes sont venus à moi.

La première fois, c'était surréaliste. Je conduisais sur une route de campagne, et je vois comme un sac en plastique rouler sous la voiture devant moi. Sauf qu'une fois statique, ce n'est pas un sac en plastique que je vois, mais un chaton gris. Je m'arrête en warning, je bloque la circulation et je cherche l'animal à secourir. Rien. J'imagine qu'il est parti à travers champs. Mais je me souviens de l'endroit où ma belle-sœur a rencontré son chat : près du moteur de son véhicule. Sait-on jamais, je parcours les 35 kilomètres qui séparent mon domicile de mon lieu de travail très précautionneusement, même si j'emprunte une grande partie d'autoroute. Une fois arrivée et garée, j'explore le dessous de mon véhicule. Un chauffeur de taxi présent vient me demander si j'ai perdu quelque chose. Je lui explique ma mésaventure en me disant qu'il doit me trouver un peu zinzin, mais il m'aide à explorer et là, une paire d'yeux nous fixe : le petit chat est au-dessus de ma roue avant-gauche ! Je respire un grand coup avant de le prendre dans mes bras. Il est peut-être blessé et pas question d'avoir un geste-réflexe malheureux.

Il est sain et sauf, ce petit chat, à peine une légère égratignure entre les deux yeux, et adorable. La vie étant bien faite, l'agent d'accueil est une fan de chat et en a plusieurs. C'est donc vers elle que je me tourne pour donner de quoi boire et manger au petit voyageur clandestin. Je l'emmène dans mon bureau et j'appelle mon mari, qui est disponible pour le recueillir et faire la tournée des vétérinaires du coin où il enquête, et pour placarder des annonces et en diffuser sur le Net. Ce chat a un collier, nous avons bon espoir de retrouver sa famille.

Que nenni ! Il n'a ni tatouage ni puce, et quinze jours plus tard, il vit toujours chez nous. Il est vraiment craquant, heureux, sympa. Les garçons l'ont baptisé Roger, un personnage d'une série qu'ils regardent à l'époque. Sauf que moi, je vis recluse dans ma chambre, car je déclenche crise d'asthme sur crise d'asthme et en suis arrivée à devoir prendre des corticoïdes.

Alors l'annonce de recherche d'un ancien maître se transforme en annonce pour en trouver un nouveau. C'est mon mari qui s'en occupe. Il a un contact. Et un beau jour de boulot, il m'appelle pour m'annoncer que Roger est parti avec une toute jeune femme qui est venue le chercher avec son papa. Ça me fait un choc. Au point que le lendemain, quand j'arrive pour prendre mon service, et que l'agente d'accueil me demande des nouvelles du petit chat, j'éclate en sanglots en plein milieu de l'entrée de l'établissement. Ma collègue assistante sociale m'empoigne vigoureusement pour m'entraîner dans son bureau, m'asseoir et me coller des gouttes dans la bouche. Ça m'a calmée de suite. Je ne saurai jamais si c'est l'effet de surprise suite à la prise en main de ma personne, au sens propre de l'expression, sans tambour ni trompette, par ma collègue, ou le *Rescue* qui a stoppé ma crise de pleurs. Au revoir, Roger.

La deuxième fois, mon mari et moi nous promenions à pied, un jour férié, dans notre ville. Il y avait d'autres humains sur les trottoirs ainsi qu'un chien. Nous pensions qu'il suivait un des groupes de personnes, mais les personnes changeaient de trajet et le chien nous suivait nous. En arrivant à proximité de notre maison, force est de constater qu'il n'y a plus que nous et ce petit chien. Nous l'accueillons donc, avec le gîte et le couvert. Il est petit, très poilu, très mignon et docile, affectueux, un amour ! Une fois l'animal restauré et reposé, nous partons tous les trois chez le vétérinaire d'à côté, qui est ouvert 24 h/24. Il semble nous avoir tellement bien adoptés qu'il fait mine de sauter de la table d'examen pour rejoindre les bras de mon mari, qui du coup, se rapproche et le caresse.

Il est pucé, il va rester chez le vétérinaire qui va contacter son « propriétaire ». Au revoir, petit chien.

À cette époque, je ne savais pas que j'aurais la chance de me désensibiliser quelque peu grâce aux chiens de mes fils et de leurs compagnes, et d'adopter un petit Coton de Tulear, race réputée hypoallergénique, qui était à la recherche d'une nouvelle famille. Cette fois, c'est nous qui l'avons cherché. Et quelle joie, quel bonheur de retrouver un compagnon poilu à quatre pattes. Un joli projet personnel, de couple, et de famille !

Tourisme médical. Partie plus flippante.

À 38 ans, en pleine réunion, j'ai un mal de tête, des nausées et des étoiles devant les yeux (j'apprendrai plus tard que ce sont des « scotomes scintillants », c'est presque poétique, même si je l'avoue, j'ai osé faire la blague « à ne pas confondre avec les scrotums scintillants » plus d'une fois). Je connais ça depuis que j'ai 20 ans, les migraines ophtalmiques (j'apprendrai plus tard que ce sont même des migraines « avec aura »). Et, heureusement, c'est une réunion à laquelle je participe, je ne l'anime pas. J'ai eu la bonne idée de me placer à côté de ma collègue infirmière. Je m'apprête à lui dire que je ne me sens pas très bien, et là, je m'aperçois de ma difficulté à produire les mots. Ils sont tout bien dans ma tête, mais ne veulent pas sortir avec les syllabes dans l'ordre. C'est très surprenant et même angoissant, mais je respire, je garde mon calme pour tenter d'écrire ce que je ne parviens pas à oraliser. Même écrire me prend une énergie et un temps fous. Je suis également prise de fourmillements (paresthésies, joli terme que j'apprendrai plus tard) dans une grande partie de mon corps, dont mes membres supérieurs. Et je ne crois pas que le petit mot que je passe à ma collègue soit écrit normalement. Plus tard, elle me dira avoir préféré ne pas l'avoir gardé ni montré.

Heureusement, la réunion se termine. Ma collègue infirmière fait son possible pour interpeller discrètement la psychiatre. Depuis toujours, elle verse plutôt dans la psychothérapie et la psychologie que dans la médecine somatique, certes, mais elle est médecin quand même ! Les deux sont mes amies, en plus d'être mes collègues. Un binôme amical et médical. Je sais m'entourer. L'objectif de l'infirmière est de nous réunir toutes les trois à l'infirmerie, sans attirer l'attention, par respect pour moi et mon état de santé. Et par souci de confidentialité aussi. C'est sans compter sur le talent d'une de nos collègues qui est comme munie d'un radar à histoires, à potins, à événements sensationnels, ainsi que d'une propension à l'envahissement des espaces privés. Elle réussira donc à s'incruster dans l'infirmerie. Infirmerie où, assise sur la table d'auscultation, je m'autorise enfin à craquer. J'éclate en sanglots de douleurs, de malaise, de peur. Mais je vais de mieux en mieux, je récupère peu à peu ma capacité de parole.

Mon amie psychiatre est très soucieuse de l'intégrité, de la responsabilité et de la compétence individuelles. Après quelques questions et tests neurologiques de base, elle me demande donc si je préfère que les pompiers soient appelés ou voir mon médecin traitant le soir même. Je choisis l'option médecin traitant. Je crois qu'on me propose d'appeler mon mari, mais je préfère le faire moi-même. Sinon, il risque de s'inquiéter. Comme si de m'avoir en ligne en pleurs en train de dire « Ne t'inquiète pas surtout, il n'y a rien de grave » était sérénisant. D'autant plus que je suis encore en difficulté pour m'exprimer et qu'une de mes collègues devra prendre le relais. Tout le monde vient me chercher sur mon lieu de travail. Quand je dis « Tout le monde », il s'agit de mon mari et mes deux fils, mais aussi deux amies proches, je ne sais même pas comment elles ont su. Le côté « Ne vous inquiétez pas » n'a vraiment pas fonctionné ! Avec le recul, je me rends compte que c'était très anxiogène, tout ça. Et ça ne faisait que commencer !

Nous filons chez mon médecin traitant. C'est un vieux de la vieille, il en a vu des vertes et des pas mûres, il n'est pas du genre à paniquer ni à ouvrir son parapluie au moindre risque d'être potentiellement attaqué pour non-respect d'un protocole prêt-à-l-emploi et uniformisé. Il a gardé sa sagesse et son libre arbitre de médecin responsable. Et il me connaît depuis 15 ans. Il m'explique que j'ai probablement fait une migraine « avec aura » (j'y suis sujette depuis que j'ai 20 ans), qu'il n'est pas inquiet, mais il me prescrit un scanner cérébral « en urgence » par précaution. En urgence relative, j'ai récupéré, je suis juste épuisée, il n'y a plus de symptômes et je suis sous surveillance personnelle et familiale. C'est-à-dire que nous sommes vendredi soir et que je trouve un rendez-vous pour le lundi matin. Pas question de prendre le volant, principe de précaution, encore une fois. C'est mon fils aîné qui me conduit à ce rendez-vous. Le premier scanner de ma vie. J'appréhende un peu. Les gens ont un don pour vous raconter leurs histoires terrifiantes d'examens. *« On croirait étouffer dans la machine ! », « On doit rester tellement longtemps sans respirer ! », « On a froid ! », « On est tout nu » !, « On m'a gardé ! »* etc. De fait, je crois bien que je crains plus l'examen en lui-même plutôt que ses résultats. Quel soulagement une fois le scanner passé ! Ouf, je peux me poser en salle d'attente avec mon fiston. Je respire, il n'y a plus qu'à attendre le compte-rendu écrit en bouquinant. Comme en radiologie. J'en ai déjà passé, des radios. Coolos. Examen normal et nous rentrerons tranquilou à la maison, repos, next.

Sauf que, ô surprise ! Le médecin radiologue m'appelle et m'invite dans son bureau. L'expression « Mon sang n'a fait qu'un tour » prend alors tout son sens. Impression que mon cœur s'arrête de battre. Si j'étais encore sous scanner, on verrait mon amygdale saturée en émotions et mon lobe frontal vide de toute énergie, incapable de penser. Il me demande de m'asseoir et de lui expliquer exactement ce qui m'est arrivé. Nous sommes près des écrans qui affichent des coupes de cerveaux sous toutes les coutures. Il me montre l'image du mien et m'explique qu'on y voit une lésion cérébrale, mais ancienne. Elle ne peut pas être due à l'épisode symptomatique de vendredi (moi qui comptais me plaindre à la directrice de ces réunions plénières et insupportables de fin de semaine, certificat médical à l'appui, c'est raté !). Je revois ce même médecin demain, ailleurs, pour une IRM, il a pris rendez-vous pour la première heure. C'est l'état de choc. Le ciel me tombe sur la tête. Je sais qu'on court après les places pour ce genre d'examens, alors un médecin qui en réserve un pour dans quelques heures, c'est que c'est soit urgent, soit grave, soit les deux ! Je ressens aussi de la culpabilité, c'est mon aîné qui n'a que vingt ans que j'ai embarqué là-dedans comme chauffeur, et finalement, il se retrouve à m'accompagner dans une épreuve que je préférerais lui épargner. Alors je donne le change, du mieux que je peux. Comme quand mes deux fils étaient petits et que j'avais peur en avion, je ne leur montrai pas pour ne pas leur refiler mon stress. Ceci dit, ce même fils de vingt ans m'accompagnera le lendemain pour l'IRM. C'est un examen assez long. Je le retrouverai endormi en salle d'attente ! Ouf, tant mieux, quel soulagement de le voir paisible (ou de le croire ?!). Par contre, ces nouvelles images ne font que confirmer que j'ai eu un ¨Accident Ischémique Transitoire¨, un AIT, un peu comme un petit AVC (Accident Vasculaire Cérébral). Je dois donc consulter un neurologue. Mon médecin m'en indique une. Il y a un peu de délai. Du coup, je suis en arrêt-maladie, par précaution. Il faut trouver pourquoi un tel accident m'est arrivé si jeune. Et en attendant, c'est comme une épée de Damoclès audessus de ma tête. On ne sait pas ce qui m'est arrivé, ça peut m'arriver à nouveau à tout moment. Et si ça m'arrive quand je suis toute seule ? Et si ça m'arrive au volant ? Et si je meurs ? Et si je suis dans le coma ? Et si je deviens handicapée ?

Le jour de la consultation avec une neurologue de ville arrive enfin. Mais je n'en saurai pas plus, elle m'adresse à un service de neurologie d'un hôpital parisien, mon cas semble pointu ou atypique. Et cette fois, les délais de rendez-vous sont à six mois, trois si on peut poser un congé en semaine. C'est ce que je fais. En attendant, tout va bien. Physiquement. Je me balade partout avec mon dossier médical, au cas où. Je transmets les consignes à mon entourage : si j'ai tel ou tel signe, il faut appeler le SAMU et expliquer cet antécédent pour que je sois dirigée vers des urgences neurologiques. Psychologiquement, je suis anxieuse, voire angoissée, ce qui n'arrange pas mes affaires de migraines qui reviennent régulièrement. Je les guette attentivement, les préviens dès les prémices en prenant mon traitement, surveille mes fourmillements et mes troubles visuels : s'ils se manifestent sur mes deux hémicorps selon un axe vertical se situant parfaitement au milieu de mon corps entier, c'est bon ! Si ce n'est que d'un seul côté, ça craint ! Et ça marche : quand j'ai des éclairs dans mon champ visuel, je ferme un œil et les vois de l'autre et vice versa. Idem pour les fourmillements : côté droit du visage check : ok, côté gauche idem ! Petit à petit, avec mes techniques et astuces qui constituent ma procédure maison de vérification, je me rassure. En en parlant, aussi. Je raconte en quoi elle consiste et pourquoi je la réalise. Ça évacue le stress.

Un beau jour, nous nous rendons à l'hôpital en train, moi et mon compagnon qui a pris un jour de congé pour m'accompagner (ce qui lui vaut encore plus le titre de compagnon). Paris, en voiture, c'est galère au niveau trafic et au niveau parking. En train, c'est plus cool et à environ quarante minutes de chez nous. Nous arrivons en avance, c'est plutôt notre habitude. Le temps de repérer les lieux et de s'occuper de l'administratif. Tellement en avance que nous avons le temps de passer à la cafétéria. Ce sera le début, pour moi, d'une mission de testeuse de cafétéria et autres machines à café que je m'auto-octroierai et m'évertuerai à remplir avec ferveur. Probablement parce que la cafétéria est le lieu le plus sympa des hôpitaux, finalement. Celui qui ressemble le plus au monde ordinaire et le moins au monde médical. Ici, les viennoiseries sont plutôt pas mal. Plus tard, dans une clinique dont je fréquenterai différents services, je noterai que le café du niveau scanner-IRM, au sous-sol, est quatre-vingts centimes moins cher que celui du niveau rez-de-chaussée, en radiologie, et bien meilleur de surcroît. Je pense écrire un équivalent de guide touristique, mais pour les cafétérias des services hospitaliers de Paris, de sa banlieue, voire une comparaison entre les différentes régions, car je suis allée en province pour mes histoires médicales. Je l'évoquerai plus tard. Après les viennoiseries, nous sommes toujours en avance, mais tant mieux, car le neurologue qui doit me recevoir l'est aussi. Il me reçoit et me demande de lui expliquer mon cas. Je m'y emploie. Il prend un air un peu sceptique, mais reste sympathique :

— Oui, oui, je vois de quoi il peut s'agir, mais ce n'est pas ce que vous décrivez.
— Ah bon.

Je m'en fiche un peu d'avoir raison, moi. Pourtant, je connais un tas de gens qui adorent ça. On dirait qu'ils tiennent un carnet de toutes les fois où ils ont eu raison. Le médecin me demande mes documents, il fait avaler un CD-ROM à la tour de son ordinateur, il ouvre grand les yeux et la bouche, il compare les clichés papier et ce qu'il voit à l'écran.

— Ah oui oui oui, c'est bien ce que vous me dites, c'est tellement rare ! Vous permettez que je garde le CD-ROM pour le montrer en staff pour en discuter avec mes confrères ?
— Ben oui, oui, si vous voulez.

Je ne serai peut-être jamais une star sur grand écran contemplée par un jury cannois. Mais ma cervelle, elle, ou plutôt l'image de ma cervelle, sera projetée dans une salle de réunion dans un staff de neurologues d'un hôpital parisien réputé (désolée pour le visuel de ma cervelle projetée sur un écran ; et encore désolée si je viens de vous la donner alors qu'elle ne vous était pas venue avant). Et hop, tout s'enchaîne : il me demande si je veux bien qu'on effectue un prélèvement sanguin tout de suite. J'accepte bien sûr à nouveau. Et nous voilà à attendre les résultats qui seront immédiats selon lui. Oui, oui. De nouveau, comme après le scanner, je suis tentée d'angoisser du fait de la rapidité des examens et de la diligence du médecin à les faire pratiquer. Mais heureusement, mon émotion est détournée par l'attention que je porte à la femme qui effectue le prélèvement sanguin. C'est la même qui m'a accueillie au secrétariat. Je le lui fais remarquer.

— *Mais vous faites tout, ici, la secrétaire, l'infirmière…*
— *Oh la la, vous savez, on doit en faire de plus en plus !*
— *Vous devez faire le ménage aussi, avant de partir ?*

Je le lui ai dit ironiquement histoire de la faire sourire un peu, mais :

— *Vous ne croyez pas si bien dire ! Ils ont essayé, mais on s'est battu pour refuser.*

Je n'essaie plus l'humour, je compatis en la remerciant pour ses bons soins, ils sont bien sympathiques, tous, dans ce service. C'est tellement important pour les patients et pourtant pas toujours évident. Je ne sais plus ce que l'on cherchait dans mon sang, mais ça a l'air d'aller. Pour ce qui est de ma pression artérielle, je devrais la prendre trois fois par jour, trois fois de suite chaque semaine ou chaque mois. Je ne suis plus sûre. Et puis je vais devoir consulter un cardiologue de mon choix, et une professeur en dermatologie spécialiste d'un certain syndrome dans un autre hôpital parisien, le neurologue me donne ses coordonnées et un rendez-vous avec lui dans six mois. Il est vraiment agréable tant d'un point de vue relationnel que professionnel, ce neurologue. Il m'explique bien les choses et je comprends. Il s'agit de s'intéresser au fonctionnement de mon cœur pour voir s'il ne produirait pas des caillots de sang. Et de vérifier ma peau de façon très pointue, car elle peut montrer des signes typiques d'un syndrome qui produit des accidents vasculaires chez des sujets jeunes. D'ailleurs, il demande à voir mes bras, mes jambes, mes cuisses. Je comprends qu'il est question de l'aspect « marbré » ou pas de ma peau. Mais il a un œil de neurologue et pas de dermatologue.

Retour chez mon bon vieux médecin de famille qui me suivra 24 ans, jusqu'à sa retraite. Je lui demande conseil, il m'indique un cardiologue. Il exerçait dans une clinique proche de chez moi, auparavant. Mais cette clinique a été rachetée par un groupe de santé et tout a été remanié. Je dois maintenant faire une petite trentaine de kilomètres embouteillés pour le consulter. Et à nouveau, attendre, il y a du délai, toujours. Ça vaut le coup de faire un peu de route, de bouchons, de mettre du temps pour trouver une place de stationnement qui oblige à une marche bonne pour la santé. Lui aussi, c'est un médecin sympathique et qui explique bien. De toute façon, je pose des questions, si je n'ai pas tout compris. Électrocardiogramme, ok. Pose d'un « holter » pour vingt-quatre heures. C'est pour enregistrer mon activité cardiaque sur une journée. Ah bon ? C'est que ça peut être grave, s'il me faut plus qu'un électrocardiogramme ? Pas forcément. Ok. Une infirmière me pose des électrodes sur le thorax. Elles sont reliées à un boîtier électronique qui est emballé dans une sacoche à bandoulière moche. Je me rhabille, je me déplace avec précautions, je me fais confirmer que je ne prends pas de douche durant vingt-quatre heures (c'est bête comme question, comme si on allait me répondre : *« Si, si, douchez-vous avec un appareil électrique sur vous, pas de problème, c'est cool ! »*).

Me voilà partie pour vingt-quatre heures durant lesquelles je me montrerai très précautionneuse. Comme si je portais un bijou d'une valeur inestimable. Ou mieux, comme dans les films, comme si j'étais reliée à un mécanisme susceptible de déclencher une explosion à la moindre esquisse de geste. Et puis, comme pour tout, on s'y habitue. J'en aurai d'autres, des journées holter dans ma vie (et je me tromperai de mot et dirai « holster », ce qui fera rire tout le monde, car l'idée de sacoche reste présente, mais plutôt pour y mettre un flingue). Je serai moins prévenante. Ma curiosité et mon intérêt pour tout type de mesure m'amèneront même à débrancher un câble, un jour, en voulant sortir l'appareil de sa sacoche pour voir ma fréquence cardiaque. Mais heureusement, tout est prévu ! On vous donne une notice avec l'appareil qui indique quoi faire dans ce cas (rebrancher !). Preuve que je ne suis pas la première à vouloir tripatouiller la boîte magique qui enregistre l'activité cardiaque ! Cette première expérience d'enregistrement sur toute une journée ne sera pas assez concluante pour m'éviter un nouvel examen : l'ETO sous AG. L'Échographie trans œsophagienne : pourquoi pas, jusqu'ici, tout va bien. Sous anesthésie générale : alors là, bof.

— S'il vous plaît, Docteur, je n'ai jamais eu d'anesthésie générale, alors je préférerais en local, comme pour mes dents de sagesse.

— Ah, mais Madame, croyez-moi, pour avoir connu les deux formes d'anesthésie, c'est bien mieux que vous soyez totalement endormie, et pour vous, et pour moi !

— Ah bon, d'accord.

S'en suit une flopée de questions sur l'anesthésie générale. Sur ce thème-là aussi, les gens ont plein d'anecdotes à te raconter. *« Je me suis réveillé pendant l'intervention, ventre ouvert »* (visuel de bande dessinée) ; *« Je me suis réveillé quand on me recousait »* (visuel d'atelier de haute-couture) ; *« J'ai fait une allergie au produit, j'ai failli y rester »* (visuel d'une personne demeurant à vie dans un hôpital, comme Tom Hanks dans son aéroport[2]) ; *« J'ai vomi tripes et boyaux »* (visuel de boucherie-charcuterie) ; *« Je ne me suis pas réveillé »* (bizarre puisque la personne qui me parlait avait l'air bien vivante).

J'avais très peur de ne pas me réveiller, à l'époque, justement. Alors que maintenant, j'imagine que c'est une façon plutôt agréable de mourir dans son sommeil. Très brutale pour ceux qui restent. Mais sans souffrance pour celui qui le vit, ou qui meurt, plutôt. Finalement : je me réveille ! D'un merveilleux sommeil sans rêves, ni cauchemars, ni souvenirs, ni aucune trace. Un réveil fabuleux tout d'abord, parce qu'il a lieu, et ensuite, car j'ai la chance d'être si myope que, sans lunettes, je ne vois que des taches de couleurs. Elles sont magnifiques, les couleurs,

2 *Le Terminal*, film de Steven Spielberg, 2004.

dans cette salle de réveil, dorée comme les couvertures de survie et rose fuchsia comme les tenues du personnel soignant. Je n'hésite pas à exprimer mon ravissement au-devant tant de beauté. Je suppose qu'ils préfèrent ça aux insultes de certains patients ou aux vomissements post-opératoires. Moi-même, et je n'en suis pas fière, après mon intervention au niveau dentaire, j'ai dû effectuer un bain de bouche face à un infirmier stagiaire. L'anesthésie n'étant pas encore complètement dissipée, je me suis retrouvée confuse à cracher sur un pauvre jeune homme fort sympathique.

Après un certain temps en salle de réveil, je suis raccompagnée à mon box. Je suis contente de ne pas avoir mal à la gorge, ce qui aurait pu être le cas après le passage du tuyau de la sonde. J'attends avec impatience la fameuse collation promise. Comme les enfants. La perspective d'un goûter, surprise, de surcroît, me réjouit. Puis le cardiologue vient me visiter dans mon box. Il m'explique, encore une fois, très bien, et dessine même un schéma sur ma serviette en papier. J'ai deux anomalies cardiaques. Chacune bénigne isolément et présentes chez un pourcentage non négligeable de la population sans que cela pose souci. Mais, dans mon cas, les deux ensemble pourraient être à l'origine de la formation de caillots de sang et du fait qu'ils puissent faire le trajet jusqu'au cerveau. Mais, encore un mais, ce n'est qu'une hypothèse, et je dois maintenant suivre la piste du syndrome qui nécessite la consultation d'une professeur de l'AP-HP, l'Assistance Public-Hôpitaux de Paris, spécialisée dans un certain syndrome. En attendant, le cardiologue confirme la mise en place par son confrère neurologue d'un traitement quotidien par aspirine comme anticoagulant. Et probablement à vie.

Les mois passent et je me rassure peu à peu. Mon entourage aussi. Je conduis et travaille, je me rends seule à mes rendez-vous. Me voilà donc partie à l'aventure pour explorer un nouvel hôpital parisien, qui ne fonctionne pas du tout comme l'autre d'un point de vue administratif. Alors je me balade beaucoup, dans cet hôpital, pour trouver la consultation, pour trouver la caisse et surtout : pour trouver la cafétéria ! Elle me semble au bout du monde et pas terrible. Pas grave. Je découvre que sortir d'une consultation à midi, car la professeur avait beaucoup de retard, évite de payer, car tous les caissiers sont partis déjeuner. Fausse joie, je recevrai une facture plus tard. Pour la consultation en elle-même, je suis prête. Je porte mes sous-vêtements spéciale couvrance maximum. Ce à quoi je n'étais pas prête du tout, c'est à la ribambelle d'étudiantes suivant une professeur de cette renommée ! Me voilà en petite tenue devant plusieurs jeunes filles, encore moins à l'aise que moi. La situation me paraît si saugrenue, j'ai l'impression d'être dans un film ou un sketch comique. La professeur m'a expliqué qu'elle me laissait avec elles pour répondre à un questionnaire et avoir un premier examen clinique. De fait, l'une me pose des questions et note des réponses et les autres me tripatouillent la couenne pour évaluer mon type de peau. La professeur revient et reprend les choses en main.

— *Vous prenez des drogues, Madame ?*
— *Ben non, pas du tout.*

Ok, elle corrige la stagiaire qui a dû se tromper de case ! Et moi, je ris, je souris, ça semble tellement lunaire. Exercice pratique : la professeur demande aux élèves d'évaluer mon « livedo ». C'est le vrai nom savant de ce que j'appelais l'aspect marbré de la peau plus haut.

Nouvelle séance de trifouillage de couenne maladroite. Et là, le pompon : un étudiant entre timidement dans la salle, bloc-notes à la main, pour poser une question à la professeur. Cette fois, c'est vraiment trop énorme, je l'interpelle d'un *« Salut ! »* appuyé d'un geste de la main. Il y a un tel décalage entre la douceur, l'accessibilité, la compétence, la gentillesse de cette professeur, la bonne volonté maladroite des étudiantes et de cet étudiant, et la non prise en compte de moi en tant que sujet. Je suis plutôt un corps qui parle. Pas un sujet, une personne à qui on demande son avis pour la présence d'étudiants, qu'on prévient qu'on va la toucher, auprès de qui on s'excuse d'entrer en plein examen. Alors que je suis presque nue au milieu d'inconnus avec dix mille questions dans ma tête par rapport à ma santé, mon présent, mon avenir. Que j'ai le cœur qui bat fort, mais dont je couvre le bruit par mes plaisanteries et mes rires. Conclusion de la consultation : mon livedo semble physiologique, c'est-à-dire normal, non lié à une pathologie. Mais, nous sommes en été, et il serait plus sûr de revoir ce livedo en hiver. L'aspect n'est pas le même selon la saison.

La consultation hivernale m'amènera à explorer les sous-sols de l'hôpital, interdits au public. Involontairement, les déviations pour travaux auront eu raison de mon sens de l'orientation. Je me suis sentie dans un monde parallèle, comme dans des coulisses. La conclusion confirmera la première : je suis fichue comme ça, avec ce livedo, aucun aspect clinique en faveur du syndrome suspecté.

Retour chez le neurologue avec tous ces résultats d'examens cardiologiques et dermatologiques. Il est content qu'il n'y ait pas de cause clairement identifiée pouvant expliquer cet AIT. Il sait que généralement, les patients, eux, ne le sont pas. Ils préfèrent s'appuyer sur quelque chose de tangible, probablement car ça leur semble plus maîtrisable, ou juste explicable. Il est courant de penser que repérer la cause d'un problème est nécessaire pour obtenir sa solution. Il est pourtant content, le neurologue, car quand la cause n'est pas clairement identifiée, le risque de récidive est très faible. Alors moi aussi, je suis contente, ça me va !

Je poursuivrai le suivi au besoin, l'aspirine à vie, j'arrête de fumer et de prendre des contraceptifs hormonaux. Pour changer de contraception, je dois d'ailleurs voir mon gynécologue rapidement. Quel dommage, il est en vacances. Alors, j'en vois un autre, dans la même clinique, pour la pose d'un stérilet en cuivre, comme les casseroles qui décorent les cuisines rustiques. Un ancien. Je lui explique le pourquoi du comment : ce qui m'est arrivé et qui m'amène à lui. L'ancien réfléchit tout en officiant sur ma personne, prend un air docte et me dit :

— On ne vous a pas parlé de sclérose en plaques, plutôt ?

C'est trop fort, je ne peux pas me retenir, je ris et réponds :

— Ah non, mais merci bien, ça ira comme ça !
— Ah mais vous savez, on ne choisit pas !

Et oui, en 38 ans de vie, j'ai bien remarqué qu'on ne choisissait pas tout. Mais je ne lui ai pas fait remarquer, c'est le cas de le dire, ou plutôt, de l'écrire. Je me suis dit que l'ancien était une cause perdue. Qu'il avait fait ce qu'il avait à faire et je me suis sauvé. Les examens gynécologiques, ce n'est déjà pas drôle, alors avec les élucubrations diplomatiquement discutables d'un ancien, gynéco-neurologue autoproclamé, j'ai coupé court. Je trouvais que j'avais eu ma dose d'anxiogènes, déjà, depuis quelque temps.

Tourisme médical. Partie réglée.

Peu après mes 40 ans, c'est une forme d'endométriose qui m'est diagnostiquée. Cela donne un petit côté plus glamour à une maladie digestive qui me sera diagnostiquée plus tard, au cas où elle ne l'aurait pas été assez. C'est gynécologique, donc encore localisé sur des parties « honteuses » de l'anatomie, et c'est très hémorragique aussi. Du coup, je manque de fer, de protéines, je suis crevée, empêchée régulièrement de sortir, et le moral est difficile à maintenir. Le héros du film qui se vide de son sang suite à une blessure au thorax due à une bataille acharnée ayant permis de sauver les vies d'une veuve et d'un orphelin, c'est romanesque. La fille qui se vide de son sang par voies basses, c'est juste embarrassant, gênant, malaisant, stressant, voire même handicapant. Elle est obligée de se sauver en catastrophe d'un restaurant entre amis, car elle a beau se rendre aux toilettes tous les quarts d'heure, cumuler les protections diverses et variées, homologuées ou artisanales (ah, le bon vieux paquet de coton hydrophile !), ce n'est pas suffisant. Elle se demande même si elle ne va pas devoir aller aux urgences tellement c'est hémorragique. Elle n'a droit à aucun traitement hormonal, du fait de ses antécédents cardio-vasculaires, elle essaie des médecines naturelles, des remèdes de grand-mère, rien n'y fait. Elle adore la piscine, mais elle ne peut plus y aller. La randonnée devient compliquée aussi. Au travail, c'est tendu, parmi les collègues, en réunion, ou en entretien, avec les familles reçues. Toujours se demander si elle arrivera aux toilettes à temps, si elle est tachée, si quoi que ce soit se voit... Et les nuits sont peu reposantes, entrecoupées de réveils pour le change, comme pour les bébés. Une intervention est possible sous anesthésie générale, mais il faut être sûre de ne plus vouloir d'enfant. Et même si elle n'en veut plus, symboliquement, ce n'est pas rien comme décision à prendre. C'est quelque chose qui est censé arriver naturellement, le moment où on ne peut plus procréer. Et puis les interventions, ça va bien, entre les investigations liées à l'AIT et celles nécessitées par le Crohn (nous parlerons de lui plus tard)... Alors elle va tenir quatre ans et de guerre lasse, elle va accepter l'intervention.

La délivrance ! C'est le mot consacré au fait d'expulser le placenta, après avoir accouché, mais là, c'est le mot qui vient spontanément en pensant à cette opération, 4 ans plus tard. Elle s'est déroulée comme sur des roulettes, justement et le soir même, je faisais des roulades à un cours de gym avec ma sœur. *« Je revis ! »*, une autre expression qui me vient après le mot « délivrance ». *« J'ai eu de la chance »*, aussi. Tant de femmes sont atteintes très jeunes de cette maladie ! Il est possible que la contraception hormonale ait masqué ou empêché le développement des symptômes, au moins en partie. Mais, elle a d'autres effets moins bénéfiques. Allez savoir si c'est une bonne ou une mauvaise chose, comme dirait le fermier !

Un fermier reçoit en cadeau pour son fils un cheval blanc. Son voisin vient vers lui et lui dit :

— Vous avez beaucoup de chance. Ce n'est pas à moi que quelqu'un offrirait un aussi beau cheval blanc !

Le fermier répond :

— Je ne sais pas si c'est une bonne ou une mauvaise chose...

Plus tard, le fils du fermier monte le cheval et celui-ci rue et éjecte son cavalier. Le fils du fermier se brise la jambe.

— Oh quelle horreur ! dit le voisin. Vous aviez raison de dire que cela pouvait être une mauvaise chose. Assurément, celui qui vous a offert le cheval l'a fait exprès pour vous nuire. Maintenant votre fils est estropié à vie !

Le fermier ne semble pas gêné outre mesure.

— Je ne sais pas si c'est une bonne ou une mauvaise chose, lance-t-il.

Là-dessus, la guerre éclate et tous les jeunes sont mobilisés sauf le fils du fermier avec sa jambe brisée. Le voisin revient alors et dit :

— Votre fils sera le seul du village à ne pas partir à la guerre. Assurément, il a beaucoup de chance.

Le fermier répond à nouveau :

— Je ne sais pas si c'est une bonne ou une mauvaise chose.

Petit conte dit « zen » tombé dans le domaine public que j'ai attrapé au vol.

Tourisme médical. Partie à suivre.

Pas plus tard que ce matin, j'ai passé un scanner du thorax, là où le café de la machine est bon et à 80 centimes d'euro. Tout est normal, mais il y a une « légère opacité en verre dépoli » au niveau inférieur du lobe droit du poumon. Une amie a suggéré finement que cela pourrait venir d'une bouteille de bière malencontreusement avalée et détournée de la trajectoire digestive. C'est merveilleux de pouvoir compter sur le soutien de véritables amies ! En tout cas, cela nécessitera un contrôle dans trois mois (donc re café bon à 80 centimes) et une consultation rapide chez le pneumologue. La consultation a eu lieu dans un délai raisonnable, je ne panique plus du tout. Tout va bien, le pneumologue n'est pas du tout inquiet, et pense qu'un contrôle dans six mois sera largement suffisant. Pour être plus précis, il s'est écrié, en lisant le compte-rendu d'IRM :

— Trois mois ! Ils sont fous ! Ils veulent faire tourner leur machine ou quoi ?

Et ça m'a fait bien rire. Il y a un gros avantage à ce parcours médical (j'allais écrire « parcours de santé », mais c'est un terme plutôt réservé à des installations sportives parsemées dans un parc), c'est que sa réalisation a contribué à me libérer de la peur, à lâcher prise sur ce qui ne dépend pas de moi. Je crains beaucoup moins la maladie, la mort, les accidents. Je cultive plutôt mes ressources pour faire face aux aléas de la vie, et accompagne les autres à cultiver les leurs. J'ai fumé durant vingt ans. J'ai arrêté depuis dix ans. Je suis asthmatique au moins depuis vingt-deux ans. C'est pour ces raisons que j'ai un suivi régulier en pneumologie. J'y retournerai dans six mois, et on verra. En tout cas, je suis consciente de la chance que j'ai d'être suivie et soignée correctement !

Tourisme médical. Partie en cours.

Il y aura un avant et un après cet été-là. Annonce de diagnostic un beau jour d'été, au bord d'un lac. Symptômes au bord du canal, diagnostic près d'un lac. Ce n'est peut-être pas un hasard. J'adore l'eau. C'est un de mes éléments. Ça m'apaise, ça me ressource.

Sœurs de Crohn. Elle est avec moi, ma sœur, près du lac, quand je reçois mon diagnostic.

Elle l'a eu il y a déjà longtemps, elle, c'était une toute jeune adulte, une étudiante.

À l'époque, j'avais trouvé terriblement injuste que ce soit tombé sur elle et pas sur moi.

Parce que j'étais l'aînée, la grande, celle qui avait déjà pas mal fait sa vie et eu des enfants.

Tout vient à point à qui sait attendre, sauf que d'être atteinte ne l'a pas miraculeusement guérie elle.

Nous sommes rentrés de Venise, bien sûr. Tout a une fin, même un voyage de noces.

Dans le cadre de mon suivi, je fais part de ce qui m'est arrivé à Venise à mon neurologue. Je lui explique que je pense que c'est l'aspirine que je prends comme anticoagulant depuis trois ans et que je suis censée poursuivre à vie qui est responsable de mes hémorragies diverses et variées.

Il prend la chose très au sérieux, mais est assez sceptique quant à mon hypothèse *aspirinogène*. Il change pourtant mon traitement anticoagulant, pas chaud du tout pour que je n'en prenne plus du tout.

Et surtout, il écrit à mon médecin traitant pour lui faire part de son avis : consulter un gastro-entérologue.

Il est d'accord, mon médecin traitant. Il ne l'a pas fait avant, car je n'avais que des douleurs occasionnelles sur fond de stress. Les autres symptômes, les vénitiens, sont plus récents.

Nouvelle clinique, nouveau médecin, nouvelle consultation, nouvelle machine à café.

Auscultation, description de symptômes, fibroscopie et coloscopie bookées, sous anesthésie générale.

La gastro-entérohépatologue m'explique qu'elle pense que j'ai des polypes et comment elle va me les retirer, si c'est bien le cas. Avec un genre de petit crochet, un bâtonnet avec comme un fil à couper le beurre à son extrémité, qui forme un cercle. Ça me fait penser à du tricot, ou encore à un lasso.

Elle m'explique les risques opératoires, je signe des papiers, etc.

La phase pré-intervention consiste à suivre 5 jours durant un régime strict sans résidus : biscottes blanches, pommes de terre, pâtes, riz blanc, pas un légume, pas un fruit, pas une goutte de gras. Le petit plus, veille de l'intervention, consiste à boire en un temps record des litres d'une boisson nettoyante qui vide les intestins et les fait briller comme un sou neuf.

Ne pas prévoir de s'éloigner de ses toilettes ni de voir âme qui vive ces vingt-quatre heures-là.

Avec cette maladie et surtout, un de ses traitements, il y aura aussi des journées improbables dans ta vie, où tu devras faire pipi dans un bidon durant vingt-quatre heures puis vite l'apporter au labo pour analyse.

Selon les époques, tu te débrouilleras avec tes propres bouteilles d'eau vides, ou tu auras un bidon opaque à couvercle rouge, ou, dernier contenant connu, une magnifique gourde géante orange et jaune flashy, munie d'une mignonne anse pour le transport. Discrétion assurée.

Les examens se passent bien. La situation ressemble à celle de l'échographie trans-œsophagienne : un box et un médecin qui vient te voir dedans pour t'expliquer ce qu'il a vu dedans... Toi !

Et bien, rien du tout. Enfin, rien d'anormal. Tout est bon dans le cochon. Je suis à la fois rassurée et déçue.

Comme me l'avait dit le neurologue, les patients n'aiment pas qu'on ne trouve pas de cause.

Pour ma part, je demande à la gastro-entérologue s'il est possible que mes intestins soient trop sensibles, ou... Ou quoi ?

Peut-être...

Je suis probablement déçue, car j'aime qu'on m'explique les choses et là, il n'y a rien à expliquer.

J'en oublie même qu'elle m'a parlé de résultats de biopsie. Mais je me souviens qu'elle part très bientôt en vacances.

Mon mari et moi rentrons donc à la maison (il est mon chauffeur attitré, car on ne laisse pas sortir les gens seuls après une anesthésie générale ; mais il n'est pas que ça).

Nous formons quelques projets de vacances pas chères, en tente 2 places, pas loin.

Nous commençons par rendre visite à ma sœur et sa famille à la campagne. À la campagne où le réseau téléphonique de mon opérateur ne fonctionne pas.

Nous nous baladons autour d'un petit lac. Je ne pense même plus à vérifier si mon portable capte des ondes mais bip bip, j'ai un message vocal, d'un numéro inconnu !

Loin de me douter de quoi il retourne, je m'éloigne un peu du groupe formé par ma sœur, ses filles et mon mari, pour l'écouter.

Et vl'à-t-y pas que c'est un message de la gastro-entérologue, qui a reçu mes résultats de biopsie in extremis avant de partir en vacances !

J'ai probablement la maladie de Crohn, mais au cas où il y aurait une infection intestinale en plus, elle m'envoie une prescription par mail pour une dose de cheval d'antibiotiques à prendre sur une durée assez longue.

Ça alors, j'éprouve des sensations, des sentiments, mitigés. L'apprendre en écoutant ma messagerie, au bord d'un lac, près de ma sœur qui est malade depuis des années, mais qui semble aller très bien, sans traitement. Presque je suis contente d'avoir un point commun supplémentaire avec elle.

Et c'est une bonne maladie. Elle nous a fait très peur quand ma sœur l'a déclenchée, car elle était très mal, douloureuse et avait perdu plein de kilos. Les médecins ont mis des mois à la diagnostiquer. Mais nous étions contents du diagnostic, car l'autre option, c'était le cancer du côlon ! (Nous ? Moi et ma mère, tiens, encore elle ! Je l'associe à l'affaire mais en fait, tout ça, c'était mes ressentis à moi !)

Elle a eu un traitement, elle a arrêté par ce que ça allait mieux et elle a eu ses filles, et puis plus rien. Trop bien !

J'étais déjà psychologue clinicienne de mon état depuis

un bon moment. Mais le déni, je ne l'ai, mais alors, pas vu du tout (en même temps, c'est le principe du déni !).

Niveau symptômes, j'allais mieux, mais les antibiotiques dérèglent ma mécanique.

Exit le projet de vacances en tente, en plus, c'est un été où les destinations proches envisagées ne se trouvent pas ensoleillées, mais plutôt *enpluviées*.

Et puis, ce n'est pas le tout, mais nous avons des travaux à faire ! (Cette fois, le *nous*, c'est mon mari, mes fils, ma belle-fille et moi !). Et un déménagement à gérer.

Bien plus tard, dans l'après-coup, je réaliserai à quel point je me suis jetée à corps perdu dans ce projet de rénovation et de changement de lieu de vie.

Ça a probablement sauvé ma santé psychique, mais pas amélioré ma santé physique.

Dès l'hiver suivant, je serai obligée d'arrêter un travail qui me passionne pour cause de maladie. Au moins un mois. Inconcevable dans ma représentation du monde à ce moment-là.

Et je ressentirai de la culpabilité de ne pas assurer mes missions professionnelles, mes activités quotidiennes domestiques et administratives, d'annuler des sorties, des activités de loisirs, de vacances, de décommander au dernier moment des invitations, de causer de l'inquiétude à mes proches...

J'ai un poste très intéressant, aux missions diversifiées, des activités variées, des liens avec différents types de professionnels, des jeunes et leurs familles. Un poste à temps plein.

J'exerce une activité libérale à temps très partiel, seule pour des coachings individuels par visioconférence et des ateliers de développement personnel en présentiel avec une amie, en petits groupes.

Peu à peu, ça devient une source de stress et de fatigue. C'est trop. Je mets fin à mon exercice en libéral. Je m'en veux. Je ne me rends pas compte qu'avec les fréquentes poussées épuisantes de la maladie, j'ai besoin d'un changement de rythme. Toujours un certain déni.

Et pour ce qui est de mon activité salariée, j'ai l'impression de travailler à mi-temps tant mes arrêts pour maladie sont fréquents et assez longs.

Je ne suis jamais remplacée, on me dit que ce ne serait pas possible sur un poste tel que le mien.

Après quelques années, j'accepte la proposition de mon médecin de déclarer ma maladie à un niveau administratif. Ça permet une meilleure prise en charge financière des traitements, ainsi que des arrêts pour maladie.

Cela m'a pris du temps, car cela nécessitait que je me reconnaisse malade, malade à vie puisqu'il n'y a pas de guérison possible.

La maladie est auto-immune et évolue par poussées.

Les traitements ne peuvent que soigner les symptômes, en aucun cas guérir.

Le déni ne concerne pas forcément mon seul état. Je prends conscience que ma sœur est à nouveau très souvent sous traitement de la crise, en plus du traitement de fond.

Puis qu'elle a des symptômes associés au Crohn, comme l'érythème noueux.

Je cherche des solutions, des aménagements professionnels. On me refuse le télétravail partiel alors que rédiger des comptes-rendus de bilans psychologiques ou effectuer des relectures de projets pourrait tout à fait se faire de chez moi, près de mes toilettes, sans avoir besoin de conduire un véhicule, ce qui permet la prise d'antidouleurs efficaces. Et d'écrire en position antalgique, semi-allongée. Et de m'étirer autant que je veux, ce qui soulage mon dos.

Car j'ai de plus en plus mal au dos, en plus des douleurs abdominales.

Il me faudra encore quelques années pour accepter une autre proposition de mon médecin : la demande de la Reconnaissance de la Qualité de Travailleur Handicapé (RQTH) auprès de la Maison Départementale des Personnes Handicapées (MDPH).

Maladie, handicap, ce sont juste des mots, mais il y a tellement de choses derrière.

Jusqu'à présent, c'est moi qui m'occupe de personnes malades et/ou handicapées.

J'ai toujours considéré que ça aurait pu être moi, à leur place.

Par exemple, lors d'une visite de service, une visiteuse m'avait prise pour une jeune autiste. Mes collègues avaient beaucoup ri, mais moi, je l'ai vraiment pris comme un compliment, car ça me donnait dix ans de moins. Et je ne voyais pas où était le souci dans le fait d'être considérée comme une personne avec autisme. Ce n'est ni une tare, ni une honte.

Ce fut un chemin long et douloureux, d'être reconnue comme ayant un handicap. D'autant plus que la RQTH n'oblige en rien l'employeur, mais je comptais quand même être prise au sérieux, reconnue, justement. Pour mon travail, pour mon handicap, pour ma capacité à m'adapter.

Et j'ai pris un sacré coup sur la tête quand, une fois de plus, tout aménagement de travail officiel, légitimé, reconnu a été refusé. Rejeté.

Parce que je l'ai pris comme un rejet de moi-même, de celle que j'étais devenue, alors que ce handicap ne me rendait aucunement incompétente.

C'est peut-être même le contraire, j'étais d'autant plus investie, probablement comme pour prouver, me prouver, que j'étais toujours et encore capable.

En arrêt maladie, du fond de mon lit, je relisais des écrits et finalisais des projets, répondais au téléphone, continuais à suivre les situations et à assurer une bonne part de mes fonctions.

Collègues, enfants, familles avec lesquels j'ai travaillé durant toutes ces années ne s'en sont jamais plaint, au contraire. Eux me reconnaissaient et me remerciaient.

Je n'étais jamais larguée, que je sois en arrêt ou sur le terrain, je ne perdais pas le fil.

C'était important pour moi, moralement, bien sûr, et ça me paraissait la façon la plus intelligente et la plus professionnelle de gérer les choses.

Et puis un beau jour, comme on dit, j'ai dû passer une énième fois devant la médecin du travail. Et répondre à ses questions. Elle a été très surprise, pour ne pas dire outrée, en écoutant mon histoire et connaissant ma fiche de poste et ma maladie.

Et elle a préconisé un aménagement de mon poste avec une partie en télétravail.

Et je me suis faite engueuler par mon employeur !

— *Je ne comprends pas pourquoi vous avez réclamé du télétravail à la médecine du travail !*

— *Alors, premièrement, je n'ai rien réclamé. Je réponds sincèrement aux questions qui me sont posées. Et deuxièmement, je vous demande ce type d'aménagement depuis des années, de façon argumentée, ce n'est pas une surprise pour vous !*

— Mais vous savez que je ne suis pas obligée de suivre les préconisations du médecin ?

— Oui, vous dirigez, vous décidez.

— Deux jours de télétravail, c'est hors de question ! Je serai d'accord pour une journée, et encore !

Le Moyen-Âge. La direction médiévale. Le travail, c'est souffrir, c'est sur place, c'est être à son poste. Moi qui croyais que le travail, c'était la santé.

Je peux badger et glandouiller toute la journée, ce sera parfait. Beaucoup de gens sont doués pour ça. Donner l'impression qu'ils travaillent alors qu'ils brassent de l'air. Avoir toujours un dossier à la main, ou un téléphone à l'oreille, toujours la jouer surbookés et dans l'urgence. Ça, ça fonctionne bien, auprès de la direction médiévale.

Mais ce n'est pas mon truc. Je suis plutôt authentique dans mes relations et mon boulot. Et j'ai la prétention d'être quelque peu intelligente, aussi.

Je serai là, in situ, à 100 %.

J'en passerai des heures de réunion managées à l'ancienne ou non managées du tout, qui ne débouchent sur aucun plan d'action et durant lesquelles la boule de feu de mon ventre me dévore.

J'en passerai du temps à tenter d'en faire quelque chose d'un tant soit peu constructif, de ces réunions. Ce n'est pas forcément mon rôle. Mais j'ai ce défaut de faire ce que personne d'autre ne fait, même si ça ne rentre pas dans mes fonctions, sinon rien ne sera fait.

Et le cœur du secteur dans lequel je travaille, c'est de l'humain. Des personnes. Pas des dossiers. Pas des objets.

Si rien n'est structuré, ce sont elles qui en pâtissent, au bout du compte.

Les personnes comme moi, c'est très pratique : à la fois multipotentielles[3] et ne supportant pas qu'une tâche ne soit pas finalisée. C'est l'assurance d'avoir des piliers dans une boîte.

---

3 Multipotentiel : se dit des personnes ayant des centres d'intérêt multiples et les pratiquant ; il est lié à la notion de Haut Potentiel Intellectuel en neuropsychologie (NDLA).

Mais sans suffisamment de reconnaissance, de soutien, ça épuise, on se laisse presser comme un citron.

Et quand il ne reste plus que la peau, on peut encore gratter le zeste, et puis il ne reste plus rien.

Maladie, handicap, arrêt maladie, passage à une invalidité partielle : le pompon !

Je rencontre une médecin de l'assurance maladie très sympathique et compétente en matière de Crohn et d'impact sur la qualité de vie.

Ça fait à la fois du bien et en même temps, faut le recevoir, le papier où il était écrit « invalidité », encore une fois, comme un coup sur la tête.

Et ce n'est pas terminé ! Une fois de plus, mon employeur tardera à mettre en place le temps partiel qui est préconisé, *« parce que niveau paie, c'est plus facile si ça démarre un premier du mois »*. Le Moyen-Âge.

Et il ne reste plus qu'une petite pelure de citron toute ratatinée. Qui a à peine le temps de tester le temps partiel que tout le monde se retrouve confiné à... Je vous le donne en mille ? Télétravailler !

La pelure de citron a tout de même le temps de se rendre compte de ce dont elle se doutait : elle a la même charge de travail qu'à temps plein, mais avec du temps en moins.

Petit à petit, la pelure de citron commence à réaliser qu'elle a eu tort de tout vouloir gérer. Si une boîte ne marche pas, à elle seule, elle ne va pas la sauver, surtout pas à sans cesse du boulot se rajouter à la place de ceux qui sont censés s'en charger.

Et bim, une nouvelle maladie par-dessus le marché !

Cette fois, c'est l'inaptitude médicale qui est déclarée et la pelure de citron est licenciée.

Une raison pour se lamenter ?

Ben non, pour se réinventer.

La pelure de citron va monter son propre cabinet, fondé sur ses valeurs, besoin et envie de se recentrer.

Et une nouvelle vie va commencer. La peau du citron va repousser. De pulpe il va se gorger.

Nouvelle façon de vivre et de travailler.

Un citron nouveau-né.

Écrire sur sa maladie de Crohn avec du recul et de l'humour, c'est agréable.

Écrire en pleine poussée de la susnommée maladie, avec la douleur et les symptômes invalidants et gênants, pour ne pas dire honteux, c'est plutôt thérapeutique.

Ça me permet de conscientiser que le pire pour moi à l'instant où j'ai écrit, ce n'est pas le risque accru de développer un cancer du côlon.

Ce n'est pas non plus de voir une aggravation de mes lésions lors des examens prévus à l'automne prochain.

Ni la peur de repasser au traitement du niveau supérieur qui m'a déjà occasionné une hépatite et qui a pour effet indésirable repéré sur un certain nombre de personnes de déclencher un cancer de la lymphe.

Le pire, c'est de devoir aller aux toilettes tous les quarts d'heure alors que je partage une chambre avec ma belle-fille et une autre participante à la retraite de yoga que j'ai choisi d'effectuer.

D'y faire des bruits potentiellement dégoûtants, de déranger, de réveiller, d'inquiéter. D'avoir un accident en effectuant une posture.

Ça me permet également de trouver de la culpabilité derrière la honte. Si j'ai une poussée, c'est parce que j'ai bu une bière il y a quatre jours. C'est parce que j'ai trop mangé. Trop bu de café. Et pas assez travaillé sur moi-même d'un point de vue psychique, spirituel.

J'ai quitté le groupe de discussion après la méditation. Je souffrais. Ça parlait de maladies auto-immunes évolutives, je ne pipais mot. Quelqu'un a dit qu'un gars qui avait une sclérose en plaques avait réussi l'Iron Man. C'est la goutte d'eau qui a fait déborder le vase. Je me suis levée en disant :

— Eh bien moi, pas question de m'inscrire à l'Iron Man !

Et je suis allée me coucher.

Allez hop, un antidouleur, au lit, un gros dodo, un jeûn total (qui durera vingt-quatre heures), beaucoup d'eau. Et j'ai dit ma colère à mes copines de chambre, après les avoir écrites, mes craintes, ma honte, mon sentiment de culpabilité.

L'une des deux a été surprise :

— Ah, mais tu parlais sérieusement, tout à l'heure ?

C'est vrai qu'avec mon humour à froid même s'il est au second degré, on ne sait pas toujours sur quel pied danser.

Moi-même, je ne le sais pas vraiment. Un pied dans la rigolade, un pied dans la peur, et je tiens l'équilibre.

Elle me rassure avec douceur :

— Oh la la, tu sais, moi, quand je dors, je dors ! Tu peux aller aux toilettes autant de fois que tu veux. Et j'ai des proches malades dans mon entourage, je les accompagne et c'est ok. Non, vraiment, rassure-toi, tout ira bien.

Qu'est-ce que ça fait du bien d'entendre ces mots réconfortants dans la bouche d'une personne que je ne connaissais pas vingt-quatre heures avant !

Et le matin, je me lève difficilement, mais vaillamment, pour une pratique de yoga dynamique, de huit heures à dix heures.

Ça ne durera qu'une bonne heure pour moi, je m'autorise à passer en posture de l'enfant comme le conseil cette prof extraordinaire, quand c'est difficile.

Je suis passée au-delà du difficile, dans le JPP, le Je n'en Peux Plus, je suis épuisée.

Je m'autorise (encore !) à quitter le groupe discrètement en indiquant par gestes que j'ai trop mal au ventre.

Retour à la case lit et gros dodo.

Mes copines de chambres viennent tout doucement voir si je veux venir au brunch d'après la pratique, ou si elles peuvent m'apporter une collation. Le cuisinier propose de me faire cuire du riz et de me garder l'eau de cuisson (ma belle-fille sait que c'est la seule nourriture possible en cas de crise). Je décline tout gentiment (en tout cas, je l'espère, car je suis tellement dans un demi-sommeil que je ne suis pas sûre de maîtriser ma communication para-verbale) et je me rendors.

Ma devise dans ces cas-là : pas manger, pas bobo !

Un peu plus tard, ma belle-fille reviendra me proposer un temps au bord de la piscine. Je m'écouterai, j'irai prudemment, en veste polaire, par grand soleil et 27°. Je retournerai mettre mon maillot de bain pour profiter d'un transat. Je ne me baignerai pas, et ça, c'est vraiment un signe que ça ne va pas !

Mais ça va suffisamment pour terminer cette retraite, dans la douleur, mais dans la beauté, entourée de femmes extraordinaires, qui me transmettront leurs belles énergies, et je me surprendrai à en avoir moi aussi, à être en capacité de leur transmettre la mienne.

Familles

Des récits, des poèmes, des chansons

Mon grand-père, ce héros. Ou le plus râleur n'est pas forcément le méchant.

Papy,

Tu m'as donné la main pour m'apprendre à marcher quand j'étais encore un bébé.

Plus tard, tu m'as appris à nager et aussi à faire du vélo.

Le week-end, on allait ensemble promener le chien au lac de Vincennes.

Pendant les vacances, on allait se baigner à la mer tous les matins.

Quand j'étais plus grande, tu me laissais conduire sur le petit chemin de la carrière.

Et puis il y a eu mes enfants, et à eux aussi tu leur as donné la main.

Et la maladie est arrivée, et ce fut notre tour de te donner la main.

Jusqu'à cette nuit où je t'ai pris la main pour la dernière fois pour t'accompagner jusqu'à la fin.

Tu n'as pas eu le temps de m'apprendre à danser, tu dansais si bien.

Papy, tu as été bien plus qu'un grand-père pour moi.

Ma grand-mère et son quart de langue en moins

Septembre. Ma grand-mère de 90 ans a mal dans la bouche depuis quelques mois.

Elle me demande si j'ai un remède miracle pour les aphtes, car elle se dit que ça pourrait être ça.

Mais l'été, pas le temps de consulter, car une semaine chez une de ses petites-filles elle a passé.

Elle va enfin voir son médecin qui lui conseille de voir un oto-rhino-laryngologiste, le spécialiste de la gorge, de l'oreille et du nez.

Mais à l'automne, pas le temps d'y aller, car d'un court temps pour Noël chez son fils elle va profiter.

Puis c'est l'hiver, en pleine pandémie, on lui pose un pacemaker.

En février, chez l'ORL enfin, un morceau de bouche est prélevé, sans anesthésie, elle a presque de douleur défailli.

En mars, avec le printemps, le diagnostic de cancer de la langue est arrivé.

Intervention chirurgicale puis radiothérapie, villégiature hospitalière pour l'été.

Septembre, ma grand-mère de 91 ans fête son anniversaire, douloureuse à cause des rayons et en mangeant quasi liquide, mais assise sur sa chaise et sur son 31.

L'intervention s'est très bien passée, elle peut parler dès le lendemain.

Elle récupère exceptionnellement vite et va très bien.

Elle a beaucoup maigri et blanchi, mais retrouver son poids de jeune fille la rajeunit.

Elle a mal, mais refuse de prendre les opiacés qui lui donnent la sensation d'être éméchée.

Les saisons passent avec les séances chez le dentiste et l'orthophoniste.

Sa semaine en juillet chez sa petite-fille, Noël chez son fils.

Septembre, ma grand-mère a 92 ans. Elle les fête dans un jardin, elle discute avec les siens, une coupe de champagne à la main, avec un quart de langue en moins.

Nom de naissance, nom de famille, nom de jeune fille, nom d'épouse, pas trop nyme

Je suis née D, du nom de ma mère. Je crois qu'elle s'est dépêchée d'aller me reconnaître la première à la mairie. L'enfant porte le nom du premier des parents qui effectue la reconnaissance (mon père biologique ne devait pas courir assez vite). Quand j'avais 3 ou 4 ans, elle s'est mariée avec un G, qui tenait absolument à me reconnaître, alors je me suis appelée G (et j'ai eu un père légal, mais finalement, j'ai 0 lien aussi bien avec l'un qu'avec l'autre).

Un jour, j'ai eu besoin d'un acte de naissance, et je me suis aperçue que mon nom de naissance, D, manuscrit, était tout simplement barré, à l'aide d'une règle, bien proprement. Et à côté, il y avait G, tapé à la machine.

C'est comme si j'avais deux noms de naissance. Un véritable nom de naissance, D, car je m'appelais réellement comme ça quand je suis née. C'était bien un nom de famille, mais pas un patronyme, en fait, car c'était le nom de ma mère. C'était plutôt un matronyme. Ça tombe bien, car la dénomination « patronyme » a été supprimée au profit de celle de « nom de famille ».

Et G, c'est devenu mon nom de naissance, alors qu'il n'est apparu que quand j'avais environ 3 ans. Mais OK, c'était un patronyme au sens légal.

Très jeune, je me suis mariée. Encore un truc légal. Du coup, je me suis tantôt appelée G-B, tantôt B. Très jeune, j'ai divorcé, et j'ai choisi de me « re-appelée » G.

Très jeune, mais un tout petit peu moins, je me suis encore mariée. Je me suis appelée G-C ou C. Et j'ai encore divorcé, et je me suis re-appelée G.

G, mon nom de « jeune fille », je trouvais ça risible une jeune fille bien adulte avec deux enfants !

Au niveau administratif, on m'a souvent dit qu'une femme gardait toujours son nom de naissance. Et bien, non plus, en fait ce n'est pas vraiment vrai. La preuve sur mon extrait de naissance.

Parfois, on m'a dit que j'étais obligée de « prendre » le nom de mon mari. Eh bien plus, en fait. On peut l'utiliser, ça peut être un nom d'usage.

Des dames m'ont reproché de prendre un nom marital au nom du féminisme ou de l'attachement à son identité. Mais elles ne connaissent pas mon histoire de nom à moi.

J'ai souvent eu envie de reprendre ce qui fut mon nom de naissance, D, sans passer à l'action. Pas pour redevenir une « jeune fille », mais parce que c'est le nom de mon grand-père dont j'ai parlé plus haut, et de ma mère qui réunit le trio gagnant : biologique, légal et de lien.

Finalement, j'ai décidé que je n'avais pas vraiment de nom auquel m'identifier réellement, j'en ai eu trop.

Maintenant, je m'appelle G, voire G-G car j'ai eu l'audace de me marier moins jeune, avec un Monsieur G. Sur ma carte d'identité, il y a écrit G épouse G. Et sur celle de mon mari, il y a G époux G. Car il a eu l'audace de m'en faire la surprise.

Et oui, depuis fort fort longtemps, une épouse peut « prendre » le nom de son époux et vice-versa. Mais le vice-versa est bien méconnu. Et l'histoire ne dit pas s'il reprend son nom de « jeune homme » s'il divorce à quatre-vingts ans.

En conclusion : nom de naissance : non ; nom de famille : pas trop non plus ; nom de jeune fille : on s'en éloigne de plus en plus ; et patronyme, ça a été supprimé !

Mon arbre généa-illogique

C'est la première fois que j'ose me lancer dans l'exercice de réaliser mon arbre généalogique.

Je ne suis pas d'une génération où cela faisait l'objet d'un exercice scolaire. Mais je suppose que si ça avait été le cas, cela aurait été facile. Petite et aidée par la famille, mon arbre aurait été simplifié, lissé, bien taillé, solide.

J'ai été formée à la thérapie familiale et au génogramme, un outil ressemblant à un arbre généalogique annoté des événements marquants intervenus dans la vie. Un arbre déjà moins bien pimpant, avec des feuilles mortes (de morts violentes), des feuilles malades (de cancer, de schizophrénie, d'alcoolisme...), des feuilles manquantes, comme inconnues, des feuilles cachées, des feuilles trouées, des feuilles qui détonnent par rapport aux autres... Avec des branches simples, ou doublées, ou en pointillés, en zigzag, qui représentent les liens entre les membres de la famille.

Le tronc, lui, ne change pas. Le tronc, c'est soi-même, et souvent les arbres généalogiques sont ascendants. Ce n'est pas trop logique, car l'arbre végétal, lui, a un tronc et des racines comme bases plus anciennes. Alors que ses feuilles sont de plus en plus récentes au fur et à mesure qu'elles montent.

Ce n'est pas logique mais c'est pratique car on remonte le temps, on voyage dans le passé, sans savoir jusqu'où on ira, et il est donc courant de définir une base pour une descendance.

Comme si un arbre généalogique ascendant, qu'il soit classique ou adapté à la thérapie, avait un tronc qui ne bougeait pas, et qui portait tout le reste.

Un arbre généalogique descendant, ce n'est ni pratique ni logique. On part de soi-même, et nos descendants se retrouvent à nous porter, c'est comme s'ils devenaient nos racines, alors qu'ils sont plutôt nos pousses.

Belle et longue introduction qui m'a permis de reculer encore un peu le moment de me lancer dans la construction de mon arbre ! Mais qui explique le choix du sens de mon arbre.

1) Moi Ma demi-sœur biologique = ma sœur entière légale = ma sœur entière dans la vraie vie qui se vit concrètement

2) Maman Père biologique Père légal
Mon oncle

3) *Mamie les chats et Papy – grands-parents maternels dont j'ai parlé plus tôt.

*La grand-mère bio qui traite ma mère de s...... quand elle la croise dans la rue, me poussant dans mon landau ; le grand-père moine qui a dû non seulement sortir de son monastère, mais se défroquer pour avoir trois enfants ô combien illégitimes avec cette grand-mère bio.

Il paraît que mon père bio était très croyant et que quand il a appris qui était son géniteur, finie la religion !

Moi-même, le jour où m'est venu à l'esprit de poser la question à ma mère au sujet du géniteur de mon géniteur, je me suis retrouvée en état de choc.

— Tu veux vraiment le savoir ? a répondu ma mère en ricanant/riant.

J'avoue que je me suis doutée qu'il y avait un loup, mais pas un moine ! Chaussée aux moines, le camembert, la pub m'a sauté aux oreilles. Je suis restée abasourdie, c'était tellement inattendu et suscitait tellement de questions qui se bousculaient dans mon esprit pendant que ma mère riait.

*Mamie G et Papy G, grands-parents légaux. Ils m'ont toujours bien accueillie et soignée, dans le sens « prendre soin de moi ». Ma mère était la bienvenue, même si elle avait déjà un enfant. Mamie G lui a dit « Moi, j'ai eu la chance qu'il m'épouse ».

Comme l'expression d'une solidarité entre femmes enceintes avant le mariage, statut peu en vogue dans les milieux classiques et modestes des années soixante-dix.

Je l'ai apprise récemment, cette phrase que cette belle-mère a dite à celle qui allait épouser son aîné. Et elle a beaucoup résonné en moi lorsque le thème de la sororité a été évoqué au cours de ma dernière retraite de yoga.

Ce sont les parents de mon père légal, dont j'ai bizarrement très peu de souvenirs. Alors qu'on me dit qu'il était très gentil avec moi.

Hier soir, en discutant avec des amis musiciens, je me suis rendu compte qu'involontairement, il m'avait transmis des références musicales.

Les Charlots : il avait des disques vinyle d'eux que j'écoutais en boucle. Des chansons très rigolotes, que je connais encore par cœur et que j'adore. Ils étaient également comédiens et ont tourné ensemble des films improbables mais collector, surtout *Le grand bazar*, que j'appréciais beaucoup lors de ses diffusions télévisées.

J'avais sept ou huit ans. Je ne savais pas que ces Charlots étaient en fait de vrais bons musiciens de studio ni que le film abordait le sujet, toujours d'actualité, de la difficulté des petits commerces de proximité par rapport au développement des grandes surfaces.

1) Attention, note de l'auteure : j'ai eu la chance de connaître tous mes arrières-grands-parents ! Et mon fils aîné a connu son arrière-arrière-grand-mère ! Cinq générations, qui dit mieux ?

Enfin, tous, pas exactement, car à partir de cette génération, exit le ou les côtés paternels, qu'ils soient biologiques ou légaux. Pas de souvenirs, pas d'infos.

*Pépère et Mémère, les parents de ma grand-mère maternelle.

Je me souviens très bien de Mémère, une femme toute mince et voûtée à la chevelure grise qu'elle rassemblait en chignon à l'aide d'épingles. Elle était devenue sourde suite à un rhume mal soigné. J'essayais de lui expliquer le film *Grease* que j'avais vu au drive-in. J'imitais la danse de John Travolta et elle croyait que j'avais grimpé à une échelle ! Fin de ma carrière de danseuse.

Elle vivait dans une maison à la campagne, les toilettes étaient dans le jardin, j'avais la trouille d'y aller le soir, à la nuit tombée.

Il n'y avait pas de salle de bains, on se lavait dans la cuisine, au gant de toilette, avec une bassine d'eau en émail et un pain de savon. Le top de l'exotisme quand on a 6 ans.

Quand j'arrivais le vendredi soir, elle me montrait la tasse de porcelaine fine qu'elle avait mise au réfrigérateur pour le lendemain matin : ma crème de lait bouilli de la ferme d'en face. J'en salivais toute la nuit. Un délice. Jamais égalé.

Les nuits dans les draps de coton épais amidonnés et froids quand on s'y glisse, brodés à ses initiales de jeune fille ou de jeune mariée, je ne sais plus quel était l'usage. Avec un revers brodé ou festonné sur lequel j'aimais à passer légèrement mes doigts. Le parfum léger et frais de la lessive et de la chambre de cette maison typique du pays en brique rouge.

Que de souvenirs sensoriels ! Cette sensorialité qu'on a enfant et dont on perd peu à peu la richesse en en privilégiant certains sens au détriment d'autres en grandissant.

Pas que de bons souvenirs sensoriels, d'ailleurs ! Mon arrière-grand-mère et sa voisine avaient comme un rituel qui me fascinait. Après leur déjeuner chacune chez elle, elles se rejoignaient chez l'une d'entre elles pour la cérémonie de la cerise à l'eau-de-vie. Elles sortaient un bocal d'une armoire rustique, de jolis petits verres tout fins et tout mignons, elles servaient et dégustaient ce mets mystérieux et précieux.

Évidemment, je rêvais d'y goûter. C'est arrivé et ça a été la fin de ma fascination.

Pour la cerise à l'eau-de-vie. Car pour ces femmes, je l'ai et je l'aurai toujours. Veuves très modestes de fermier ou d'ouvrier, âgées, isolées dans leur village de campagne, entièrement autonomes, conservant ce lien social et ces petits plaisirs de la vie, la coquetterie du chignon, de l'eau de Cologne et du tablier de ménage qu'on retire pour passer à table, sortir, se rendre à la cérémonie des cerises à l'eau-de-vie.

Ces femmes qui ont perdu un proche à la guerre, exercé des métiers dits « d'hommes » pendant qu'ils étaient dans les tranchées, gagné leur vie comme elles pouvaient pour élever leurs enfants.

Mon arrière-grand-mère était une pure Parisienne. Elle a

donc conduit des bus du côté de Montparnasse entre 1914 et 1918. Elle était fiancée. Mais il n'est pas revenu. Et elle a rencontré mon arrière-grand-père.

Pépère, lui, je ne l'ai connu qu'un an. Il a eu un cancer au niveau du bras et a refusé l'amputation. Il était revenu entier des tranchées, pas question de le mutiler.

Quand il y avait des films sur la Grande Guerre à la télé, il pouvait se lever au moment des scènes de bataille et se mettre à crier :

— *Pique, vas-y, pique-le !*

Mon grand-père le secouait un peu par le bras pour le faire revenir au présent :

— *T'en as piqué, toi ?*

On ne parlait pas de stress post-traumatique pour ces jeunes d'à peine vingt ans envoyés au front, à l'époque.

Il racontait une belle histoire. Un jour, éloigné de son régiment, il s'est retrouvé nez à nez avec un soldat allemand, isolé, lui aussi. Ils se sont regardés un moment, comme jaugés, et je ne sais comment ils se sont compris, mais ils ont fini dans les bras l'un de l'autre à pleurer et à se montrer les photos de leurs proches.

Il se levait quand il y avait *La Marseillaise* à la télé, et faisait le salut militaire quand il y avait de Gaulle « dans le poste ». Je suppose que c'était sa façon de mettre du sens à ce qu'il avait vécu, d'organiser un certain système de valeurs.

*Pépère Pierre et Mémé, mes arrière-grands-parents maternels.

Pépère Pierre avait une couronne de cheveux tout blancs. Il avait été fait prisonnier durant la guerre. La seconde, cette fois. Et il paraît qu'il en était revenu tout blanchi.

Il fumait le cigare et me donnait les bagues, que je conservais dans un tiroir de mon bureau comme une précieuse collection d'odeurs à sniffer.

Il regardait *Des chiffres et des lettres* et il ne fallait pas faire de bruit.

Mémé avait de beaux cheveux argentés plutôt courts et ondulés. Elle avait toujours du chocolat de la Coop pour moi.

Leur cour était un formidable terrain de jeux et d'expérimentation ; une balance Roberval et ses poids en laiton, la réserve à charbon tout rond qui peut servir de craie pour dessiner sur le bitume, les poules et le coq tout au fond.

Et en face de chez eux, une incroyable maison décorée d'œuvres artistiques de bric et de broc. La maison du Russe. Et le Russe était un vrai artiste qui recyclait tout pour créer ses œuvres, bien avant qu'on parle de développement durable.

C'était considéré comme bizarre et ça me fascinait. Je sentais que ça produisait des émotions et que ça exprimait des choses. Mais dans mon entourage, on ne parlait pas d'art, je ne me rendais pas compte de ce que c'était.

1) *La grand-mère maternelle de ma grand-mère maternelle. Elle vivait avec ma grand-mère et ses parents. Et attention, elle était... Divorcée ! Ça ne courait pas les rues, les femmes divorcées, et encore moins dans les milieux modestes !

Du coup, du grand-père maternel de ma grand-mère, je ne sais rien.

*Et des parents de mon arrière-grand-père paternel non plus.

* Par contre, je sais que les grands-parents maternels de mon grand-père l'ont élevé, avec ses tantes. Hermine et Zéphyr. Ça, c'était du prénom !

Charlie me (*Charlie moi*)

Inspirée par la naissance de ma 1ère nièce, réflexion sur la naissance, la filiation au sens large, le lien de sang ou pas, la notion de famille de sang ou pas.

I've waited for you so long	*Je t'ai attendue si longtemps*
And my love for you is so strong	*Et mon amour pour toi est si fort*
So I don't think I am wrong	*Que je ne pense pas que je me trompe*
And it's just such a small song.	*Et c'est juste une toute petite chanson.*
You're Goldilocks.	*Tu es Boucle d'or*
I was Snow-White.	*J'étais Blanche-Neige.*
I could feel the shock.	*J'ai pu sentir le choc.*
When you arrived.	*Quand tu es arrivée*
I've recognized you at first sight.	*Je t'ai reconnue au premier regard.*
You're family, it feels so right.	*Tu es la famille, c'est évident.*
Like my sister, like your mother, it's so clear	*Comme ma sœur, ta mère, c'est clair*
You're just like an amazing light.	*Tu es juste comme une incroyable lumière.*

You're Goldilocks.
I was Snow-White.

I could feel the shock

When you arrived.

Tu es Boucle d'or
J'étais Blanche-Neige.
J'ai pu sentir le choc
Quand tu es arrivée.

Elliote, qui est ma deuxième nièce.

Elliote, c'est une musique, une danse,
Un zébulon qui chante.
Sur un trapèze ou une falaise,
Le Cirque du Soleil à elle toute seule, à l'aise.
Elliote si fine et transparente
Et pourtant si charismatique et présente.
Elliote tantôt timide tantôt extravertie,
Elliote à la fois concentrée et déchaînée à la batterie.
Avec ses yeux couleur vibrato
Elle rayonne plus que les roues de son vélo.

Morgane, ma troisième nièce !

Ton étoile veille sur toi depuis déjà très longtemps.

Même si tu es si jeune, elle veillait déjà sur toi quand tu étais dans le ventre de ta maman, ma sœur.

C'est à cette période que j'ai eu la chance de me reposer sur toi, de faire la sieste sur le ventre de ta maman, ma sœur. Tu étais un coussin, bien confortable et rassurant. Alors que j'étais si inquiète pour toi.

Aujourd'hui, tu es toujours aussi sereine et apaisante.

Tu regardes déjà ton univers avec une acuité aiguisée. Tu es si éveillée, comme on dit.

Je t'ai écrit un petit poème tout simple, inspiré d'un chant déjà existant pour accompagner ce modeste cadeau que je t'offre en ce jour de ton baptême.

Regarde l'étoile, elle te porte bonheur.
Si tu la suis, tu ne crains rien.
Regarde l'étoile, elle te protège.
Elle te conduit sur le chemin de la vie.

Voilà, tu peux compter sur ton étoile, toi-même, tu es une étoile pour nous.

Et tu pourras compter sur ta marraine et tata Virginie. Et sur ta marraine et cousine Marie-Anne, sur tes parents, tes sœurs, et même sur ton chien Lego !

Traumatismes et guérisons
Une seule histoire, mais quelle histoire

C'est l'histoire d'une fille qui n'a même pas encore 16 ans

C'est l'histoire d'une fille qui n'a même pas encore 16 ans. Du coup, elle est en fin de seconde, année scolaire ô combien bénie, car se terminant début juin. Eh oui, seule année de lycée sans examens, avec cours terminés pour laisser place aux classes de première et de terminale qui en ont, des examens !

Cette fille, elle a une bonne copine qui, tous les ans, part à la mer dans une station balnéaire en famille, car ils y possèdent une maison. Et elle est grande, la maison. Et ils en ont des plus petites, des maisons, qu'ils louent à des vacanciers. Et il faut les entretenir, ces petites maisons. Y faire le ménage entre deux sessions de location.

La copine de la fille qui n'a même pas encore 16 ans l'invite. Et elle trouve ça très séduisant, comme idée, de partir trois mois en station balnéaire avec sa pote. Surtout que c'est la seule année où on a l'occasion d'avoir trois mois de vacances, dans une scolarité. Surtout qu'elle sort en cachette avec un gars de son âge, et que ça la fait beaucoup souffrir. Il la cache, car il est officiellement et visiblement avec une ou deux autres, selon la période. Mais elles sont montrables, les deux autres. Elles répondent à certains critères de beauté et de popularité. Pas la fille, en tout cas, probablement pas autant.

Il la cache mais il n'y a qu'à elle qu'il se confie : sa maladie après le décès de son père à 12 ans, ses beaux-pères alcooliques, sa mère et ses amants... Elle entre même dans sa famille. Officiellement et visiblement, c'est sa meilleure copine.

Dans la famille de la fille, c'est structuré sans l'être. Elle vit chez des membres de la famille, mais pas chez ses parents. Depuis toujours, ou depuis toujours à 99 %. C'est convenu entre eux sans être officiel ni légalement acté.

Du coup, c'est facile de partir en free-style, car à la fois tout le monde en est responsable et finalement, personne, de cette fille. C'est parce qu'à la fois tout le monde se sent compétent en matière d'autorité parentale, et à la fois, personne.

Encore une histoire de légitimité. Tout le monde se sent légitime à avoir son mot à dire, donc, finalement, personne pour décider et prendre une vraie responsabilité.

Du coup, la fille, elle part. Personne ne s'est rendu compte qu'elle allait très mal. Ou alors n'a pas osé s'en rendre compte. Ou alors lui a fait confiance pour s'en débrouiller.

Mais la fille, elle a un trou béant énorme en elle, peut-être n'est-elle-même qu'un trou, un vide à combler, un manque et seulement un manque à elle toute seule. Un manque d'amour, d'affection, de reconnaissance, de vie, d'être, d'être elle-même, d'être reconnue.

Ce n'est la faute de personne. Ou alors, de tout le monde et de personne à la fois, encore une fois. C'est la vie, c'est l'histoire. Chacun est et fait de son mieux.

Déjà, avant de partir, la fille s'est fait couper et teindre les cheveux. Tout sauf ce qui lui est naturel : une couleur plus foncée et des boucles.

Ensuite, sur place, en station balnéaire, elle a pris 15 kilos. Tout sauf ce qui lui est naturel : elle est toute fine, toute mince, ça va bien avec son ossature et sa stature rikiki.

Et puis, elle va rencontrer des gars. Tout sauf ce qui lui est naturel : elle, son truc, c'est vraiment l'amour complet, total, réciproque, pas les aventures.

Mais ce sont des choses qui arrivent quand on a un manque terrible, on cherche à le combler ainsi, et le manque est de plus en plus grand, la souffrance aussi, le trou, le vide s'élargissent, et l'envie de vivre diminue.

Elle s'aperçoit que l'invitation est finalement implicitement conditionnée à l'entretien des locations saisonnières. Elle va les faire avec sa copine, c'est plutôt sympa.

Elle voit bien aussi que sa famille propose une participation financière pour son hébergement et tutti quanti (c'est vrai que pour prendre 15 kilos en 3 mois, elle a dû manger beaucoup !), et que les parents de sa copine ne refusent pas, au contraire, et font même remarquer sur un ton peu bienveillant que c'est quand même étonnant, que la famille de la fille qui n'avait pas encore 16 ans ne prenne et n'ait pris aucun contact direct avec eux.

Elle découvre aussi que toutes ces propriétés de la famille de la copine sont le fruit d'un arrangement pas trop catholique, impliquant un être humain vieux et très handicapé, mais c'est une autre histoire.

À l'époque, la fille n'a même pas 16 ans alors elle ne se rend pas trop compte. Elle croit à ce qu'on lui dit. Que c'est un bon arrangement, disons gagnant-gagnant, car la personne handicapée et à charge n'est pas facile. Elle semble classée dans la catégorie des méchants. Et à l'époque, elle y croit encore, à la classification bien ou mal, tout noir ou tout blanc, bon ou mauvais.

Parmi les gars rencontrés, il y en a un qui, avec le recul, était probablement encore plus malheureux qu'elle : probablement pas majeur et pourtant déjà alcoolique de longue date, comme beaucoup d'autres jeunes que la fille rencontrera là-bas.

L'autre, plutôt en parcours initiatique amoureux, pas assez mature pour la fille qui, pourtant, n'a même pas 16 ans.

Il y en a un tout mimi, tout romantique, très respectueux.

Et il y a un gars, un très bon ami, sincère, sans arrière-pensée, et qui apportait d'excellentes viennoiseries, juste pour elle, pour la fille qui n'avait même pas encore 16 ans.

Il y a aussi un copain, le rigolo de la troupe, celui dont on dirait maintenant qu'il restera toujours dans la friendzone, un genre de zigoto atypique, mais pas bankable. C'est vrai qu'il était très sympa, gentil et marrant. Il faisait du rap tout en étant l'opposé de l'archétype du rappeur.

Et le meilleur ami de la copine de la fille qui n'a même pas encore 16 ans. Bizarre. À la fois positionné comme un parrain, un daron. Et capable de venir tenter une approche dans le lit de la fille, en pleine nuit. Ceci dit, il a respecté son refus étonné, mais néanmoins catégorique, immédiatement.

Il y a un autre personnage, dans l'histoire. C'est un lieu où on peut boire un coup, plutôt pour les jeunes désœuvrés de l'été. Ils y vont tous les soirs, les jeunes. Même la fille de même pas 16 ans. C'est un lieu tellement présent, systématique, habituel, que c'en est devenu un personnage.

Le proprio du lieu la drague très clairement, sans détour.

Ça se voit au point que la fille qui ne se fait jamais draguer ou alors, qui ne s'en aperçoit pas, elle s'en rend compte. Et là, comme il a environ 35 ans, elle croit que c'est pour rire, que ce n'est pas méchant, que c'est comme du second degré. Ça lui paraît tellement peu probable, comme lunaire, contre nature.

La copine de la fille qui n'a même pas encore 16 ans s'est trouvé un petit boulot quelque part. Alors elle, la fille, se dit pourquoi pas quand le proprio du lieu où on boit un coup lui propose de donner un coup de main pour y servir et nettoyer. Elle trouve ça plutôt sympa, d'autant plus qu'elle le fait avec une autre copine rencontrée sur place, la sœur du gars probablement encore plus malheureux qu'elle.

Boire un coup, donner un coup de main, du coup, tirer un coup, un coup de fusil...

Et en plus, les consos sont gratuites et à volonté. Alors la fille se prête au jeu de boire, même si elle n'aime pas l'alcool, faire comme les autres, c'est s'intégrer, croit-elle. Et le proprio, il la sert sans arrêt, alors comment refuser ?

Ça tourne la tête, c'est rigolo, ça fait comme si le vide, le manque, le trou béant en soi ou qui est même presque devenu tout son être, disparaissait, n'avait plus aucune importance.

Elle a une certaine conscience que sa copine avec qui elle sert et nettoie la surveille du coin de l'œil. Elle se dit que c'est parce qu'elle n'a pas l'habitude de la voir enchaîner les verres comme ça. Encore moins les verres d'alcool. Elle ne se rend pas trop compte qu'il n'y a quasiment plus personne dans le lieu.

Et puis tout va très vite. Sa copine la prévient qu'elle part juste un instant aux toilettes. Et la fille qui n'a même pas encore 16 ans se retrouve dans la chambre du proprio. Tout est de plain-pied et communique, le lieu où l'on peut boire un coup, la réserve, les toilettes, la chambre du proprio.

Et ça se passe. C'est un viol. La fille entend sa copine qui sert et nettoie le lieu avec elle tambouriner et hurler à travers la porte, avec son gentil copain aux viennoiseries.

Le viol a un début et une fin. La chambre a une porte qui communique avec le bar.

C'est la porte d'entrée du viol. La chambre a une autre porte qui donne directement dehors. C'est la porte de sortie du viol.

Le proprio déverrouille la porte qui donne dehors et la

fille peut sortir. Il a fini son viol.

La fille se retrouve toute seule, car sa copine et son copain sont à l'autre porte, celle qui est à l'intérieur.

La fille n'est pas seule longtemps, car sa copine et son copain font vite le tour pour la rejoindre quand ils comprennent qu'elle est sortie.

La copine réconforte, le copain veut y retourner pour en découdre avec le proprio (« en découdre » est une expression bien pratique quand on ne sait comment décrire ce que la personne voulait réellement faire, ou ce qui se serait vraiment passé).

Mais le proprio a un fusil, alors la copine dissuade le copain, et la fille aussi. Pour faire comme la copine, ou parce qu'il lui reste un semblant de conscience ou de présence à la vie, à la réalité.

Alors ils marchent tous les trois dans les rues de la station balnéaire, en pleine nuit. La fille a envie de faire pipi. Elle fait pipi dans la rue, sans se soucier de si on la voit ou pas. Elle s'en fout. Elle rigole. Et le juste après, elle ne s'en souvient plus.

Le un peu plus tard, elle s'en souvient vaguement. Elle a fait comme si c'était de sa faute, elle n'avait qu'à se méfier, ne pas boire, etc. Comme si parce qu'on ne se méfie pas, et qu'on boit, c'est qu'on est consentante.

Et puis le encore plus tard, la fille s'en souvient. Elle se souvient qu'elle a comme oublié. Amnésie traumatique.

Elle fait surtout comme si de rien n'était.

Et un beau jour de séance de psychothérapie, la fille qui n'avait pas encore 16 ans à l'époque et qui en avait bien plus à ce moment-là, elle a osé en parler à la thérapeute. Comme d'une interrogation. Est-ce que c'était vraiment un viol ?

Et comme par hasard, elle a réussi à en parler juste après le délai de prescription du viol, qui devait être de 10 ans après la majorité, à l'époque.

Pas facile parce que oui, la thérapeute a confirmé que c'était ça, un viol.

Et qu'en plus, c'était un viol d'un adulte censé être responsable sur une mineure.

Et peut-être bien aussi qu'il y a une notion de viol sous emprise de l'alcool, ou d'une substance, quelque chose comme ça.

Pas facile les tours que nous jouent la mémoire. Mais ils ont leur utilité, leur fonction.

Pas facile, car la thérapeute a dit qu'à même pas 16 ans, les parents doivent nous protéger.

Pas facile, car on n'a pas envie de culpabiliser ses parents.

Pas facile, car on culpabilise de ne pas avoir réagi avant le délai de prescription.

Pas facile, car on se sent lâche.

Pas facile, car on se sent responsable de ce qui a pu arriver à d'autres filles, peut-être.

Et bien des années après, la fille qui a maintenant bien plus que 16 ans, n'en a parlé qu'à quelques personnes triées sur le volet, mais ne parvient pas à se souvenir si elle en a parlé à des membres de sa famille.

Et elle ne sait pas si elle a envie de le faire. Elle n'a pas envie de leur occasionner des émotions difficiles, tristes, inquiètes ou des sentiments de culpabilité.

Et si tout ce qui est raconté précédemment lui était aussi arrivé à elle, la fille qui a bien plus que seize ans maintenant ?

Est-ce qu'elle aurait envie de le raconter à des gens ?

Parce qu'elle va bien, la fille, elle va même très bien. Elle est heureuse, épanouie.

Elle aime ce qu'elle est. Elle s'aime. Elle aime sa famille. Elle aime ses proches, tels qu'ils sont et ont été, et probablement tels qu'ils seront. Elle aime même d'autres gens.

Elle a eu le parcours qu'elle a eu. Est-ce qu'elle s'aimerait comme elle s'aime sans ce parcours ? Est-ce qu'elle serait autant capable d'empathie, d'ouverture d'esprit, d'écoute, d'adaptation à chaque individu dans sa singularité ? Est-ce qu'elle pourrait accompagner autant de personnes différentes dans leurs propres parcours de vie, leurs histoires, leurs personnalités, leurs envies, leurs traumatismes... ? Peut-être, mais est-ce qu'elle le ferait de cette manière-là, qui lui est si particulière, et qui permet à certains d'accrocher à la personne qu'elle est, à son style, pour avancer dans leur épanouissement ?

En tout cas, sa vie ne se résume certainement pas à cet événement.

Et maintenant ?

Assez récemment, il y a à peine quelques années, je me suis rendue compte que je n'avais plus réellement de projet de vie. Certes, la maladie était passée par là, mais je sentais bien que ce n'était pas quelque chose de dépressif.

Même si certains ont pu le craindre, car je pouvais choquer par mes propos lors de conversations. Par exemple, quand étaient évoqués des risques de morts dites accidentelles ou prématurées, je partageais mon sentiment d'être prête à mourir sans regret, car j'avais fait mon temps, vécu ma vie.

J'avais coché tous les items de ma *bucket list*[4]. J'avais réalisé tous mes rêves.

- Aimer inconditionnellement, élever, éduquer, regarder grandir et grandir avec mes enfants et les voir devenir des adultes heureux et valeureux.
- Construire une relation de couple aimante, respectueuse, à la fois passionnée et sereine.
- Mener une vie familiale, amicale, sociale riche, paisible, solidaire, équilibrée.
- Réussir mes études pour obtenir le diplôme exigé pour exercer mon métier-vocation.
- Occuper un poste salarié en Contrat à Durée

4 Bucket list : littéralement « liste du seau » (ça n'est pas parlant !), et qui viendrait de l'expression « to kick the bucket », *mettre un coup de pied dans le seau*, en référence au suicide par pendaison : le futur pendu monte sur un seau pour se passer la corde au cou et shoote (je ne traduirais pas shoote, quand même !) dans le seau (personnellement, quand j'ai besoin de prendre de la hauteur, le seau ne me vient pas du tout à l'esprit ; le marchepied ou un tabouret me paraissent bien plus indiqués). (NDLAT = note de l'auteure qui est aussi la traductrice pour des raisons financières, pratiques et d'amusement).

Indéterminée de psychologue à temps plein, pour y exercer des missions et activités diversifiées, en lien avec plusieurs partenaires, dans un esprit de service public.

- Profiter d'un toit sur la tête et d'un nid douillet.
- Faire du sport et des sorties culturelles, voyager, découvrir.
- Développer une vie spirituelle.
- Me sentir bien avec moi-même.

Je comprends que ça puisse surprendre, car ce sont des rêves simples, mais c'était tellement beau à mes yeux (et ça l'est toujours !), je ne voyais pas quoi rêver de plus.

Durant mes études, quand mes enfants étaient petits, j'avais le projet de rédiger une thèse quand ils seraient grands. Mais je n'en avais plus envie. Je n'avais juste rien prévu pour la suite.

Une de mes meilleures amies, elle, anticipe. Avant le départ de ses enfants du foyer, elle avait réfléchi à de nouveaux projets et activités, qu'elle a mis en place le moment venu. À moi, ça ne m'était jamais venu à l'esprit.

Mon médecin m'a suggéré de profiter de tout ce que j'avais construit, d'en récolter les fruits, de les savourer. Bonne idée…

Une fin qui n'en est pas une

Je suis dans le TGV direction le grand sud de la France. Je rejoins le groupe d'auteures dont je fais partie. Voilà six mois que nous écrivons à la fois ensemble et chacune de notre côté, que nous avons fait connaissance, que nous échangeons, nous soutenons, nous rencontrons par visioconférence.

Il y a environ 15 ans, j'exprimais souvent l'envie d'une phase de vie de type « jeune étudiante ». Un studio, vivre seule, ne me préoccuper que de moi-même et de mes petites affaires.

Et ça ne s'est jamais fait 1) comme indiqué plus haut, aucune envie de reprendre des études classiques et 2) comme vous l'aurez compris, je ne suis plus jeune, ni par l'âge ni par la situation familiale.

Puis, il y a environ 10 ans, j'ai eu envie de partir seule en vacances. Partir, sortir du cadre, ne compter que sur moi-même, ne compter que pour moi-même.

Et je ne me suis jamais lancée.

Ensuite, il y a environ 6 ans, j'ai ardemment et spontanément désiré une année blanche, vierge, comme une année sabbatique.

Et je ne me la suis jamais autorisée.

Aujourd'hui, c'est un peu de tout ça qui arrive et que je vis. J'ose enfin partir seule, à la découverte d'un lieu inconnu et à la rencontre de personnes que je ne connais qu'à travers un écran. Faire l'expérience de la liberté. Sur place, je pourrai lire, écrire, échanger, partager, profiter de la mer et de la plage, me détendre, me reposer, ou même ne rien faire du tout.

Je ne suis pas vraiment seule, en fait. Je suis accompagnée du soutien et des encouragements de toutes les belles personnes qui m'entourent dans ma vie actuelle et que j'ai choisies.

Je ne suis pas entièrement libérée non plus. Mais mon

bagage est léger. Il s'est délesté à force d'acceptation de ce qui est, de ce que je suis, de ce qu'on est. D'apprendre à faire avec. D'apprendre à l'aimer, même, ce qu'on est, même avec les défauts, les failles, les maladies, les accidents de parcours.

Ça fait partie de la vie, ces événements-là aussi. On pourrait aller jusqu'à dire que la mort fait partie de la vie.

Plus on le tait, moins on en parle, moins on y prépare les enfants, plus on le vivra comme quelque chose de catastrophique, d'insurmontable, de mal, d'interdit. Plus on croira qu'on est seul à le vivre ou à l'avoir vécu, moins on saura que c'est dépassable.

Dans mon cas, mon bagage a été formateur. Il fait partie d'un parcours de vie, de résilience, qui mène à un épanouissement à la fois personnel et qui profite aux autres.

Je voyage déjà depuis quelque temps dans une nouvelle vie. Cette fois, elle est complètement heureuse et épanouie (voir la *bucket list* dans le texte précédent). J'entretiens des relations tantôt paisibles tantôt passionnées, fortes, solides, intenses avec mes proches et surtout, avec moi-même, mes maladies et ma santé, mon ordinaire et mon extraordinaire, mon activité, le monde, la vie.

Les barrières que j'ai connues se sont ouvertes progressivement, je les ai fait sauter et j'ai récupéré les morceaux pour reconstruire ma carte de vie (développement durable). Celle qui correspond mieux à mon fonctionnement en « tout vite tout mélangé », mais qui ne l'est qu'en apparence, car en fait, il est en arborescence[5] et en multipotentialités[6].

Ce paragraphe sera à la fois cliché et décalé. Je suis dans le train d'une énième nouvelle vie. Un TGV discount pour aller du nord au sud de la France. Pas un voilier pour faire le tour du monde. Je m'en vais simplement faire la suite du tour du monde de ma belle vie. Nous le faisons tous un peu chaque jour rien qu'en y vivant, en rencontrant l'infinité de découvertes et

5 Arborescence : le mode de pensée en arborescence fait partie d'un fonctionnement hors-norme où l'information est traitée à plusieurs niveaux simultanément (tout s'illumine en même temps dans le cerveau, comme un sapin de Noël) et se définit en opposition à un mode de pensée linéaire, plus courant, où l'information est traitée en mode séquentiel (étape par étape, une étincelle après l'autre) par le cerveau. Les 2 modes de fonctionnement sont juste différents, mais très jolis tous les deux. (NDLA).

6 voir la note 3 (NDLA).

d'expériences qu'il nous propose.

Le jeu du bonheur consiste à faire coller ses propres codes à ceux de la société. Apprendre à se connaître et comprendre son parcours. Apprendre et comprendre les normes attendues, surtout quand on a une personnalité atypique (voire un fonctionnement cognitif neuro-atypique). Savoir que comprendre ne signifie pas être d'accord. Savoir parler deux langues : la nôtre et celle des groupes socioculturels auxquels on a affaire.

Le jeu, ce sera parfois d'oser, d'autres fois, de se faufiler. Tantôt de s'affirmer, tantôt d'écouter. Et de bien entourer et s'entourer.

Le jeu, ce sera aussi de choisir sa perception de ce qui arrive, et ses réponses et réactions.

Je ne regrette pas ma vie d'avant, mon passé. Je ne regrette pas ce que j'ai fait ou ce qui s'est passé, même si j'en suis désolée. Je n'en étais pas consciente, mais je voulais à tout prix me normaliser.

On sait bien qu'on ne serait pas tel que l'on est aujourd'hui sans ce qu'on a trouvé sur notre chemin. Je pense tout particulièrement à mes enfants qui sont la plus belle aventure de ma vie.

Et je suis heureuse ici et maintenant.

Même si hier soir, à cause de ma santé, j'ai cru que ce train de ce matin, jamais je ne le prendrais.

Même quand je suis malade, je m'accroche à l'optimisme : au moins, j'ai la chance d'être soignée !

Est-ce que j'ai des moments *down*, voire très *down*, des instants de colère, des périodes de ras-le-bol ? Ça oui, je peux vous l'assurer.

Et quand ça arrive, j'ai la chance d'être écoutée.

Épilogue

Pourquoi ce livre ?

Parce que j'ai toujours écrit mais jamais montré ce que j'écrivais.

Parce que j'en ai très envie mais j'ai très peur aussi.

Parce que je suis à un tournant de ma vie, ou plutôt au démarrage d'une de mes nombreuses vies, et qu'elles sont de plus en plus épanouies.

Parce que j'ai envie d'être lue ou lisible, le partage d'expériences, ça peut toujours servir.

Pour me faire connaître, reconnaître, mais par qui ? Par moi-même, par ceux qui en auront envie. De me connaître ou reconnaître moi, mais surtout de se connaître ou reconnaître eux-mêmes un peu, beaucoup, à la folie. À la folie de croire, par-delà les épreuves et les traumatismes, à la beauté du quotidien de leurs vies. Passionnément, quels que soient les événements.

Parce qu'il paraît qu'il peut être libérateur au point de changer une vie, et pourquoi pas plusieurs, en toute modestie ?

Parce que même si je trouve mon épilogue un peu cliché, j'ai quand même envie de vous le faire partager. Parce que tout ce que vous avez lu avant, c'est une réalité[7].

---

7 *La réalité de la réalité, confusion, désinformation et communication...* Paul Watzlawick, 1976.

Remerciements

Merci du fond du cœur à vous toutes et tous qui avez participé à la naissance de cet ouvrage, que ce soit par votre soutien, par nos échanges, par vos encouragements, vos relectures, vos feed-back, vos corrections, etc. Je ne chercherai pas à lister toutes ces belles personnes rencontrées sur le chemin de l'écriture, car je n'ai aucune envie d'en oublier. Et je préfère rédiger à chacune une dédicace toute personnelle et personnalisée.

Un merci tout particulier à mon entourage le plus proche, bien sûr, aux deux groupes d'auteures V.I.I.P.P (very inspirantes et inspirées, et... Je ne m'en souviens plus !) réunis par Cécile Neuville, et à Babet, qui m'a si gentiment et justement proposé le titre de mon premier livre en même temps qu'elle écrivait sa première préface !

Table des matières

Imprimé en France - R_44364 - 14110 Condé-sur-Noireau
RapidBook, une marque du Groupe Corlet Imprimeur